DIE ABENTEUER DER LADY OSCAR

Die Rosen von Versailles

III

INHALT

Diese Geschichte ist Fiktion.
Es besteht keinerlei Zusammenhang
mit real existierenden Personen,
Gruppen oder Ereignissen.

Kapitel 4/Teil II

Der Schwarze Ritter

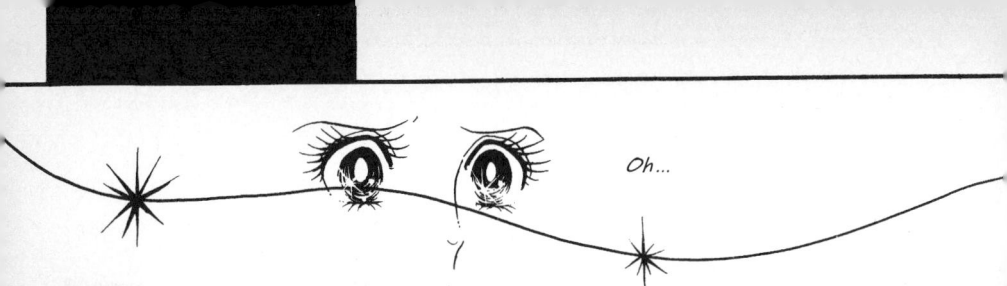

Oh...

Eure Majestät? Meint Ihr nicht, dass etwas...

... mit Oscar François nicht stimmt?

Das Volk hasst mich so sehr, dass man mir...

Ich habe es nicht gewusst...

Seit wann?

Und warum?

Und doch will sie nicht bemerkt haben, dass der Schurke...

... diese Verbrechen beging und darauf nach England geflüchtet ist?

Der Gatte der Verbrecherin Jeanne de la Motte ist ein Untergebener von Oscar...

Madame de Polignac...?!

Los, los!
Das Brand-
eisen!!

Wir
kriegen sie
nicht zu
fassen!

Dafür
brennt Ihr
in der
Hölle!

Zusammen
mit der
verdammten
Österreicherin!

Ah!
Sie rennt
weg!!

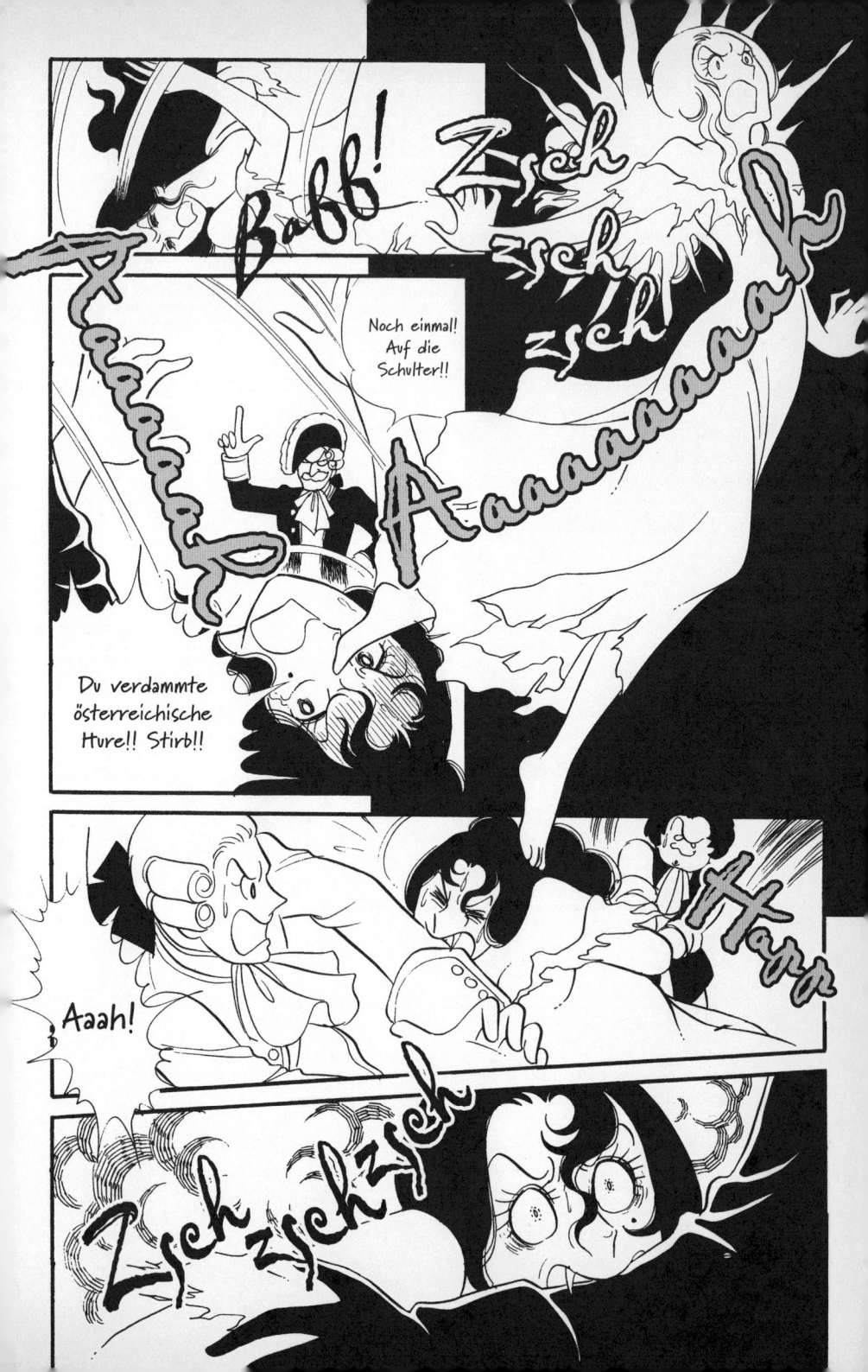

Baff!

Bringt sie ins Salpêtrière!

Ah... Die hat mir richtig die Zähne ins Fleisch geschlagen...

Puh... so ein grässliches Weib!

Wie schrecklich...

Nicht so drücken!

WEGEN IHRER RAFFINIERTEN LÜGEN HATTE MAN IM GANZEN LAND MITLEID MIT JEANNE.

Sie hat es immer wieder beteuert... Sie muss unschuldig sein.

Die Arme...

Quetsch

Nicht vordrängeln.

Seid gegrüßt!

VIELE MENSCHEN KAMEN MIT KLEINEN GESCHENKEN IN DAS GEFÄNGNIS SALPÊTRIÈRE, UM JEANNE ZU BESUCHEN.

Das Collier hat also doch die Königin...

Wirklich! Wundervoll!

Jeanne ist geflohen!

Alarm! Diese Frau...

Alarm!! Alarm!!

Jeanne ist ausgebrochen!!

Waah

Kreisch

Jubel

Jeanne ist ausgebrochen! Hurra!

Ganz genau! Jeanne hatte ja alle Schuld auf sich genommen...

Bestimmt hat die Königin sie befreit!

... und da hatte die Königin bestimmt ein schlechtes Gewissen!

Jemand hat sie aus der streng bewachten Salpêtrière befreit!

Jeanne ist ausgebrochen!!

11

Nicht wahr? Capitaine Oscar Francois de Jarjayes?!

Das kann nur jemand vom Militär mit viel Einfluss gewesen sein!

Tut doch nicht so unschuldig...

Was wollt Ihr damit sagen, Madame de Polignac?

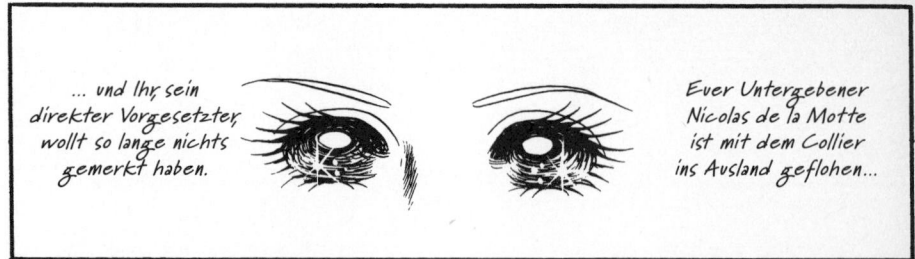

Aha!

... und Ihr, sein direkter Vorgesetzter, wollt so lange nichts gemerkt haben.

Euer Untergebener Nicolas de la Motte ist mit dem Collier ins Ausland geflohen...

Weil Ihr...

... nämlich zur Diebesbande gehört, Oscar Francois!

... und befreit sie, sobald der Skandal sich gelegt hat!

Ihr sorgt dafür, dass die Öffentlichkeit nur auf Jeanne achtet...

Haha!

Ich...

... und Wechseljahre?!

Ihr habt ja den Verstand verloren!

Machen das die Hitzewallungen in den Wechseljahren?!

André, Rosalie, wir gehen.

Ich werde dem König und der Königin sagen, dass Ihr die wahre Drahtzieherin seid!

Ich kann Euch vernichten, wann immer ich will!

Die
Polignac
meint es
ernst...

Mit ihrem Einfluss
kann sie wirklich
Oscar zur Urheberin
dieses Verbrechens
machen...

Nein...!

Rosalie...!
Was?

Rosalie!
Warum nennst
du mich nicht
Maman?

Madame de
Polignac?

Werte
Gräfin
Polignac!

Madame de
Polignac!

Capitaine Oscar
hat mit der
Collier-Affäre
nichts zu tun!

Bitte... bitte
sagt so etwas
nicht vor dem
König!

Bitte hängt Oscar nicht dieses Verbrechen an!!

Ich bitte Euch...

Wenn Ihr es sagt, wird die Königin es glauben!

Wirst du dann eine Polignac werden?! Wirst du mich Maman nennen?!

Rosalie!

Was sagst du, Rosalie?!

Wenn du das versprichst, schwöre ich nichts weiter zu unternehmen.

Oh... oh...!!

Du weißt ganz genau, wie viel Macht ich habe...

Du hast keine Wahl, Rosalie...

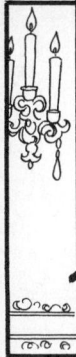

Raschel

Falt

Ein Brief für dich.

Rosalie, hier bist du...

?

Bumm

Hat sonst jemand diesen Brief gesehen?

Babumm

Jeanne!!

... das macht mich so glücklich... Sie ist eben doch meine liebe Schwester...

Oh, Jeanne...

Sie ist jetzt in Sicherheit...? Dann bereut sie bestimmt ihre furchtbaren Lügen...

Oh... In Saverne... So weit weg...

Leb wohl...
und bereue
deine Untaten...

Meine
Jeanne...

Was?! Jeanne?!
Die von der
Collier-Affäre?!

Weiß man,
wo sie jetzt
ist?!

Habt Ihr gehört!
Diese Jeanne
hat ein Buch
geschrieben!

Lest es! Im ersten
Band erfahrt ihr die
Wahrheit über die
Affäre!

Kreisch

Niemand
weiß es! Das
macht es so
aufregend!

Oooh

Wie die Königin
das Collier
stehlen ließ...

Waaah

Zeig!

18

Die Königin befiehlt ihr, sich wie ein Mann zu kleiden! Schreibt Jeanne!

Der schöne Capitain ist eine Frau?

Der dritte Band ist erschienen!

Kauft ihn schnell!

Und vergnügt sich im Trianon! Die österreichische Hure!

Während wir in Armut leben...

... holt sie sich eine nach der anderen ins Bett...

Der Zweite ist schon nirgends mehr zu kriegen!

Das ganze Volk glaubt, was darin steht...

Und ganz Frankreich liest es?

... allein der Anblick dieses anstößigen Buches beschmutzt mich!

Diese impertinenten, abscheulichen, entsetzlichen Lügen...

Wie schreck-lich...

Ihr übernehmt die volle Verantwortung für den Fall!

So sei es.

Capitaine Oscar Francois de Jarjayes.

Ich werde die beiden finden, und wenn es mich das Leben kosten sollte!

Jawohl!

Genau! Ich werde Tag und Nacht nichts unversucht lassen.

Mademoiselle... Ihr habt dem König versprochen, Nicolas und Jeanne zu verhaften?

Ich nehme André mit. Wenn mir etwas passiert, muss er an meiner Stelle weiter suchen!

André?! Wo bist du?

André!

Oscar!

André!

Rosalie
will...!!

Was?!

Was
hat sie dir
gesagt?!

Rosalie!

Ist das dein
Ernst? Warum
willst du zu den
Polignacs...

Rosalie?!

Womit
erpresst sie
dich?!

Nein...
So ist es
nicht...

Sag es mir!
Warum willst
du das tun?!

Ich habe sie lieb gewonnen... meine Maman...

Ganz einfach!

Und die Polignacs haben Einfluss bei Hofe und sind sehr reich!

So ein Mädchen bist du nicht....

Das glaube ich dir nicht...

...

Die Gräfin Polignac ist deine leibliche Mutter.

Aber ich halte dich nicht auf.

Buhuhu...

Bitte... lasst mich gehen...

Oh...
Oscar...
Oscar...

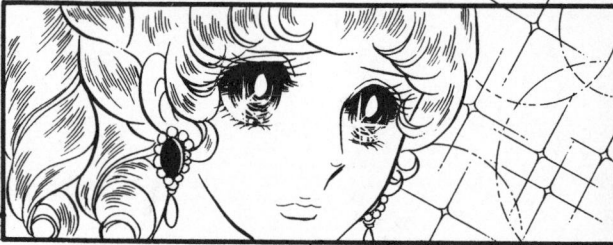

Rosalie...
Die Kutsche
der Familie
Polignac ist
vorgefahren...

Darum muss ich gehen...

Ich werde Euch lieben bis ich sterbe... Auch wenn Ihr eine Frau seid...

Ich werde Euch nie vergessen, auch wenn ich Rosalie de Polignac bin...

Wie könnte ich die schönste Zeit meines Lebens vergessen... bei der Familie Jarjayes...

Meine erste Liebe...!!

Ah...!!

Adieu...
geliebte
Familie
Jarjayes...!!

Adieu... meine
Jugend, mein
Glück!!

Adieu...!!

Oh...!

Oscar...

Mit ihren
rosigen
Wangen...

Sie war
wie der
Frühling...

In ihrer
Nähe wurde
alles hell und
strahlte...

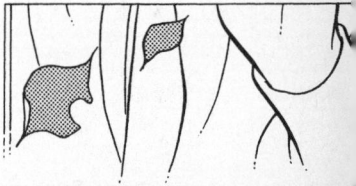

So rührend
hat sie mich
geliebt...

Ich soll dir diesen
Brief geben. Sie gab
ihn mir, bevor sie in die
Kutsche stieg.

Oscar.

Ich bin
ja eine
Frau...

Ich konnte
diese
Liebe nicht
erwidern...

Hm?

Ein Brief dieser Jeanne!

Was...?!

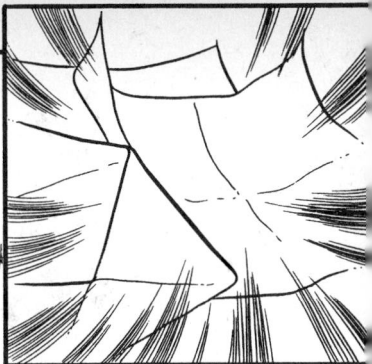

André! Wir schlagen zu! Nimm ein paar Männer aus der Garde mit!

Saverne... da ist sie also?!

Schnell! Die Kutsche!

...ja so eilig!

Oh... Capitaine Oscar hat es...

Sie ist deine Schwester...

Rosalie... Was musst du gelitten haben...

Danke! Danke! Rosalie!

Entsetzlich!
Soldaten!
Sie kommen
hierher!

Jeanne!

Was?!

Sie hat mich
verraten...

Rosalie...
Ja, Rosalie...

Wir sind doch
auf solche Fälle
vorbereitet...

Keine
Sorge,
Nicolas!

Ah... ja!
Schnell!

Los!!

So draufgängerisch wie immer...

Wisst Ihr auch, was das ist?

He he he... Capitaine...

Dieser Gestank...

Uh...

Schwarzpulver von Bertholet!

Und zwar das Allerbeste! Das stärkste Schwarzpulver seit Jahren!

Ganz genau, Capitaine!

Wenn Ihr das nicht wollt, schickt Eure Leute raus!

Wenn ich die Lunte anzünde, fliegt das Haus in die Luft!

Die Hände auf den Rücken! Alle beide! Und jetzt raus!

Steh auf!

Sie hat uns verraten, oder?

Es war Rosalie, oder...?

Kannst du ihre Qualen, so handeln zu müssen, nach-empfinden?

Ah...

Ich, Mutter und Rosalie waren arm... aber wir hatten uns lieb und lachten oft...

Damals war es schön...

Erst, wenn sie fort ist, merkt man, wie lieb sie ist...

Rosalie... Sie war immer so still wie ein Schatten an meiner Seite...

Jetzt raus!

Ich werde ihr das ausrichten.

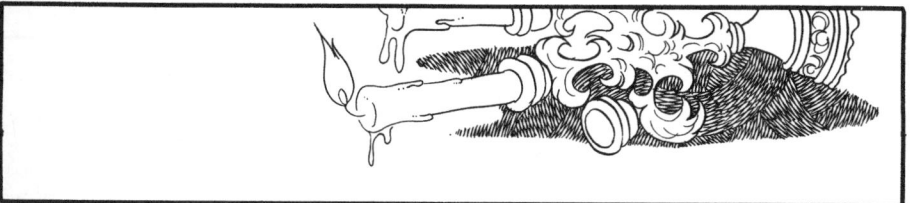

...

Zwinker

☆

41

Schnell!

Jeanne! Ich halte sie fest! Nimm den Degen!

uieß...

Brasch

Pßasch

Brasch

Htaha... Du bist doch eine Frau... und das ist dein Verderben!

Dosch

Oh nein...

Worauf wartest du! Schnell!

Der nächste Stoß bringt dich um.

Oscar!

Aah!

Nicolas
?!

Nicolaaas?!

Nicolas?!
Nicolas!

Schnell raus!
Gleich
explodiert
alles...

Oscar!
Schnell!

Schnell
weg!

Capitaine!
Ihr seid in
Sicher-
heit!!

Hier
fliegt gleich
alles in die
Luft!

... GEGEN DAS KÖNIG-HAUS GE-SCHÜRT HATTE.

... ENDETE DIE COLLIER-AFFÄRE, DIE HASS UND MISSTRAUEN...

UND SO...

WER HATTE JEANNE DIE FLUCHT AUS DEM GEFÄNGNIS ERMÖGLICHT?

BIS HEUTE WEIß MAN NICHT, WER ES WAR.

ES HEIßT, DASS DER MACHTGIERIGE GRAF PROVENCE, DER BRUDER DES KÖNIGS, SIE BEFREIT HABEN KÖNNTE.

ES HÄTTE ABER AUCH DER HERZOG VON ORLÉANS GEWESEN SEIN KÖNNEN.

Liebster
...

Marie
Antoinette
...

Oh,
Marie...

Ich wollte
dich sehen...
Ich...ich...

... der Adel
hasst mich
auch...

Aber
nicht
nur das
Volk...

Sag es mir!
Was soll
ich tun?

Warum?
Warum...?

Jetzt,
da ich weiß,
was das Volk
über mich
denkt...

Ich bitte dich...

Ich bin so allein...

Was soll ich nur tun, Liebster...

... trenn dich von der Gräfin Polignac und ihren Günstlingen.

... und an Capitaine Oscar... vergiss die Menschen nicht, die dich von Herzen lieben.

Erinnere dich an Graf Mercy...

... waren diese Menschen stets um dich besorgt und haben nie an ihre Karriere gedacht...

Seit deiner Zeit als Dauphine...

Bitte trenn dich von der Polignac und hole Capitaine Oscar und Graf Mercy zurück.

... sie waren dir immer treu und loyal ergeben...

Und ziehe nach Versailles und rufe die Adligen zurück.

Wenigstens der Adel sollte auf deiner Seite sein.

... nur immer ignorieren?

Oh... Warum habe ich die Ratschläge der beiden...

... so wie früher zu mir zu kommen.

Ich werde Graf Mercy und Oscar bitten...

Und was noch?

Deine Verschwendungssucht muss aufhören.

Und hör bitte auf, eigenmächtig Minister zu ernennen.

Ja... Was noch?

Und kein Theater mehr.

Das hat ein Ende! Nie wieder kaufe ich teure Kleider...

... und prächtige Diamanten.

Liebster! Was noch?!

Oh... Meine
Geliebte...!

Es tut weh...
so schrecklich
weh...

Wenn ich
doch immer
bei dir sein
könnte um
dich zu
beschützen...

... dass ich
dich immer
allein lassen
muss...

Liebster...
ich habe
solche
Angst...

Bitte Liebster...
Bleib bei mir!
Ich habe solche
Angst...

Ist es
nicht
längst zu
spät für
alles?

Da stimmt doch was nicht...

... zum Ball ins Palais Polignac?!

Ihre Majestät kommt nicht...

Waaas?!

So ist es...

Plötzlich zieht sie sogar nach Versailles zurück...

Bringt Rosalie in meinen Salon!

Schnell!

Oh! Ihr seid wieder da! Unverletzt!

Deine Beförderung zum Commandeur wurde informell schon beschlossen!

Oscar, gute Arbeit.

Ist ja gut.

Die ganze Welt spricht über Euren Erfolg...

Oscar...

Commandeur...

André, eigentlich hättest du die Beförderung verdient...

Klack

Klack

Seit kurzem müssen wir das.

Ah...

Ihr wisst es noch nicht...

Schließt Ihr abends immer alles zu?

Was ist los?

Er trägt eine schwarze Maske und einen schwarzen Mantel...

Seit ein paar Wochen treibt hier ein Dieb sein Unwesen... Er bestiehlt nur Adlige.

Er soll so schnell wie der Wind sein...

Niemand weiß wer er ist, aber selbst in Versailles redet man von ihm.

Der Schwarze Ritter?!

Er nennt sich »Der schwarze Ritter«.

Ich soll den Comte de Guiche heiraten?!

Warum überrascht dich das?

Seit Charlottes Tod hat der Comte darauf gewartet.

Die Hochzeit wird bald sein.

Ich...

Der Comte wird bei der Verlobungsfeier anwesend sein.

Ich bin nur ein Ersatz für Charlotte...

... damit die Polignac mit dem Comte verwandt wird...

Ich bin nur ein Ersatz...

... dass man von den Polignacs nichts mehr hört?

Ist Euch aufgefallen...

Was ist denn passiert? Die Königin trägt mehrmals dasselbe Kleid?

Ja... Und sie hat ihre Schneiderin Rose Bertin entlassen.

Seit ihrer Rückkehr gibt es in Versailles nur noch selten Kartenspiele oder Bälle.

Ja, und ob! Sie haben die Königin ja sonst immer umschwirrt!

Sie fährt auch nicht mehr nach Paris.

Kann gut sein... Die Königin hat zu viel verschwendet...

Vielleicht ist dem Königshaus das Geld ausgegangen?

SIE WEISS JETZT, WAS SIE BISHER GETAN HAT, WER IHR WIRKLICH TREU IST...

MARIE ANTOINETTE HAT ENDLICH DIE AUGEN GEÖFFNET....

... UND WOHER DAS GELD KAM, DAS SIE MIT BEIDEN HÄNDEN SO SORGLOS AUSGEGEBEN HAT.

Sie ist die wahre Königin Frankreichs!

Endlich denkt sie wie eine Königin...

Ein Glück...

Das Königshaus soll in großer finanzieller Not sein.

Ich hoffe nur, dass es nicht zu spät ist.

Bisher war das nicht so.

Das überrascht dich?

Waaas?! Der Adel soll Steuern zahlen?!

Ja...

Der neue Finanzminister Calonne versucht die ersten beiden Stände, also die Geistlichen und den Adel, zu besteuern.

Die reichen Adligen und Geistlichen sind von der Steuer befreit, nur das Volk muss zahlen!

Hahaha! Das geschieht dem Adel schon recht!

Ich bin gespannt, was wir zahlen müssen!

Weg mit Finanzminister Calonne!

Noooon Buuuuh Buuuuh

Waaah

Wir verzichten nicht auf unsere Steuerfreiheit!!

Non

Nein! Niemals!

Der Adel wurde noch nie besteuert! Noch nie!

Die gesamte Notabelnversammlung verlangt Eure Kündigung!

Tschak!

Verdammt!

Ich werde das Defizit des Staats öffentlich bekannt geben!! Ihr habt es verdient!!

Ihr seid alle geizig und nichtsnutzig!

Hör mir zu, Volk von Frankreich! Die Höhe des Staatsdefizits...

BaBummm

... beträgt 1,25 Milliarden Livres!!

Die verschwendungssüchtige Königin!!

Wie kommt dieses unglaubliche Defizit zu Stande?!

Was...?! Wir arbeiten viele Monate, um eine Livre zu verdienen...

Wut

Zorn

Zitter

Wie schrecklich...

Ihr hättet Calonne schneller rauswerfen sollen.

Das war alles die Königin.

Genau! Der König ist sparsam.

Madame Defizit!

Ich werde keine Minister mehr ernennen!

Madame de Polignac...

Wisst Ihr schon, wer Finanzminister werden soll?

Eure Majestät...

Beredet das bitte mit seiner Majestät!

Ein Verwandter möchte gern dieses Amt...

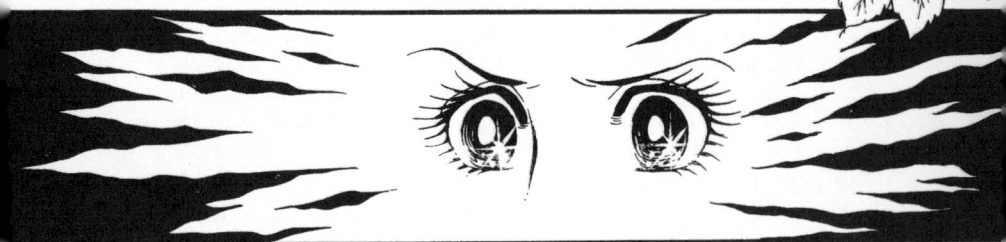

Die Arme... Ich hätte sie aufhalten müssen...

Was macht Rosalie jetzt...

Hihi, und das freut uns.

Der Einfluss von Gräfin Polignac lässt von Tag zu Tag nach...

General!

Commandeur!

Baaaaa
Baaaaa Baaaaa

Ich bin ein Diener des Hauses Polignac. Ist Mademoiselle Rosalie nicht hier angekommen?!

Sie hinterließ einen Brief... und verließ das Haus!

Ah, Monsieur!

Was ist mit Ihr?!

Wuuuschuuu

... mache ich euch allen nur Schwierigkeiten...

Wenn ich nach Jarjayes zurück-gehe...

Ich gehe zurück nach Hause...

Oscar... Ich gehe zurück nach Paris...

Lebt wohl...

Aua!

Knack

Schnf...

... um Mama zu rächen...

Wie lange ist es her... dass ich auf diesem Weg aus Paris kam... barfuss...

Und dann hat Oscar mich ge-funden...

Das ist... gut...

Nein. Sie ist nicht bei mir.

Rosalie?!

... richte ihr bitte aus, dass sie zurück nach Jarjayes gehen soll.

Natürlich! Ich werde es ihr sagen!

Axel, falls sie zu dir kommen sollte...

Oscar...

Schock

Hach...

Ich wollte dich begleiten, als ich hörte, dass ihr unterwegs seid, um die La Mottes gefangen zu nehmen...

Ich freue mich, dass du aus Saverne zurück-gekommen bist.

Darum musste ich zulassen, dass du dich in Gefahr begibst... Verzeih mir...

In der Öffentlichkeit kann ich nicht für die Königin kämpfen...

Der es nur auf Adlige abgesehen hat!

Ach, der Dieb!

Er müsste ein Mann aus dem Volk sein, wenn er es nur darauf abgesehen hat.

Axel... Sag mir, wenn du etwas über den Schwarzen Ritter hörst.

Das ist meine Pflicht.

Das ist nicht bekannt... aber er soll aus Paris kommen.

Er flüchtet schnell und flink wie ein Falke, und stiehlt nur Juwelen und Feuerwaffen.

Der Schwarze Ritter?

Aber Feuerwaffen... Wofür?

Juwelen lassen sich gut verkaufen.

68

Oscar...
Wirst du ihn
schnappen?

Wir
werden
sehen.

Ich bitte dich,
bitte beschütze die
Königin, wenn ich
es nicht kann!

Oscar...

Axel...

Commandeur
Oscar Francois
de Jarjayes.

Ich stelle
euch vor! Meine
Schwester Sophia
von Fersen.

Endlich!

Monsieur!
Mademoiselle
Sophia ist ein-
getroffen!

Oh! Ihr
sprecht Deutsch?
Aber bitte bleibt
bei Französisch,
Monsieur.

Vater
liebt es so
sehr.

Ich bin
erfreut,
Euch...

Von Fersen... Wirst du beim nächsten Ball der Großherzogin Conti sein?

Ja...

Ich nehme es an.

Ich will Sophia die Bälle von Versailles zeigen.

Ich muss fort. Ich wünsche Euch einen angenehmen Aufenthalt in Frankreich.

Oscar? Ihr geht jetzt schon?

Gut...!

Oh... Und ich habe sie mit Monsieur angesprochen!

Eine Frau?!

Sind alle französischen Edelmänner so anmutig und elegant?

So ein schöner Mann!

Halt! Oscar ist eine Frau, auch wenn sie sich nicht so kleidet!

Nein! So
etwas darfst
du nicht
sagen!

Aber Hans...

So eine lebt
wahrscheinlich
nicht lange...

... ist in deinem
Herzen denn so
gar kein Platz
für mich?

Axel...

Trapp

Trapp

Trapp

Ist dein ganzes Herz
so voll von deiner verbotenen
Liebe, von der du so genau
weißt, dass sie nur in einer
Katastrophe enden kann?

Es tut
so weh...

Sagt es mir...
André...
Rosalie...

Müssen denn
alle Menschen...

... allein sich vor
Liebe verzehren und
diese Seelenqualen
ertragen?

Werde ich diese Liebe irgendwann vergessen?
Wann muss ich ihn nicht mehr lieben?!
Wann kann ich endlich aufhören, ihn zu lieben?!

Ich habe ja so lange darauf gewartet! Oscar wird ein Kleid tragen...

Buhuhu

Ich bin ja so glücklich. So glücklich.

Hurra!

Hurra!

Yippie!

Wo sind denn Korsett und Panier? *

Bamm!

Tralala

... und auf einem Ball tanzen!

Oh, es gibt ja so viel zu tun!

Was für ein Albtraum! Meine Oscar... Meine Oscar... trägt ein Kleid und poussiert mit Männern?!

Oscar im Kleid?

Das Korsett ist ja wie eine Ritter- rüstung!

Uaah... Nicht so fest! Das tut weh!

Still halten!!

* Panier: Ein über dem Reifrock getragener Aufsatz, der Hüften oder Rückenpartie verstärkt.

Bitte sagt es nicht Papa.

Einmal im Leben reicht mir das auch.

Ist das so...

Nein, auf keinen Fall.

Huch!

Flopp

Oh... ja... gut.

Mademoiselle, und immer höflich sein.

Hihi

Merde! So was Albernes ziehe ich nie wieder an!

Ihr müsst das Kleid etwas hochnehmen und kleine Schritte machen.

Sie geht inkognito hin.

André. Du kannst sie nicht begleiten.

Hm...

... verzauberst du jeden, der dich sieht. Ist das für von Fersen?!

Oscar... Oscar... Wie schön du bist! Wie einst Aphrodite...

Meine Oscar...!!

Oh, wie schrecklich!

Habt Ihr schon gehört? Der Schwarze Ritter ist vorgestern in das Haus der Gräfin Lambert eingebrochen!

Während eines Balls hat er all ihre Diamanten gestohlen!

Was für eine schreckliche Sache, so kurz nach der Collier-Affäre.

Ja, wir müssen vorsichtiger sein...

Aber ihr Palais wird so gut bewacht!

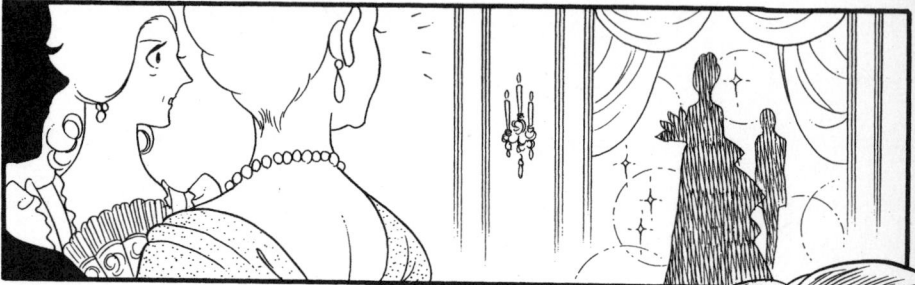

Oh... Diese Mademoiselle...

Mesdames! Schaut sie Euch an!

... Eine blendende Schönheit...

Ich habe sie noch nie gesehen.

Sie soll eine ausländische Gräfin sein...

Wo kommt diese Mademoiselle her?

Ah! Aus dem Ausland!

Schenkt Ihr
mir diesen
Tanz...?

Axels Hand... seine Brust...
Ich träume nicht...
Er umarmt mich als Frau...
So lange habe ich mir
das gewünscht...

Dieses Kleid à la Odaliske ist ganz perfekt für sie...

Habt Ihr jemals jemanden gesehen, der so schwebend tanzt wie sie?

Wie graziös sie sich bewegt...

Ich bin ja so deprimiert! Diese Mademoiselle ist so anmutig...

Die Polignac.

Oh... Dort...

Pöh!

... macht mir einen Platz frei!

Husch Husch...

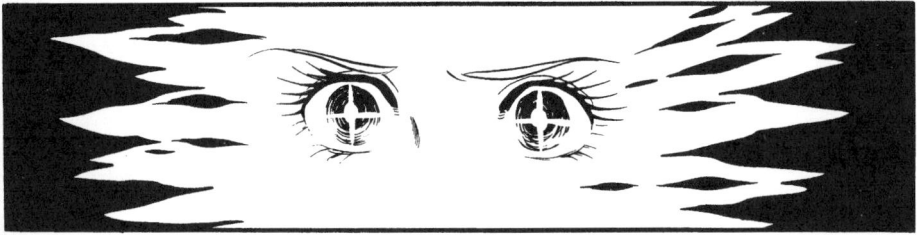

Woher kommt Ihr?

Gräfin...

Husch

Wusch...

Ah!

... ebenso
wunderbar
blondes Haar
wie...

Eine wahre
Schönheit...

Sie hat ein
großes, gutes
Herz...

Was?! Ein Kalender mit allen Bällen des Adels?!

Ach was! Damit kann ich mich nicht bewegen!

Ähm... Willst du täglich ein Kleid...

Ich warte auf den Schwarzen Ritter... Er schlägt immer bei Bällen zu...

Genau. Ich werde überall sein!

Wart's nur ab!

Schwarzer Ritter! Ich werde dich stellen...

Kicher

Kicher

Kreisch

Oooohh

Ja... So etwas hält einen jung! So ein heimliches Rendezvous ist immer prickelnd...

Das ist so schön anzusehen... Immer sind so viele junge Damen da... wie im Himmel...

Ooooscar!

Sieht so aus.

Die meisten sind wohl wegen Commandeur Oscar Francois de Jarjayes hier.

Oscar!!

Ächöm.

Leider nicht... Er hat uns immer überlistet.

Oscar, habt Ihr den Schwarzen Ritter seitdem gesehen?

Ihr beschämt mich, Majestät.

Jeder sagt, dass so viele kommen, nur weil Ihr da seid...

Aber Ihr macht viele glücklich...

Ja, Maman kommt ja schon.

Maman Reine! Louis Joseph ärgert Charles!

Tappa Tapp

Maman Reine!*

Nein, hab ich nicht! Charles weint einfach so!

Joseph, begrüße Commandeur Oscar. Du bist der Dauphin!

Ahaha... Rjaah Kjah

Warte, Marie Therese...

Es ist mir eine große Ehre, Commandeur! Darf ich jetzt wieder mit dir reiten?

* Königin Mama

Prinz Louis Charles...
Meine Lieblinge...

Prinzessin Marie
Therese...
Dauphin Louis
Joseph...

Ich bin viel
glücklicher,
wenn ich mit
meinen Kindern
spiele...

Wenn ich
sie nicht hätte,
müsste ich
sterben...

... viel glücklicher,
als wenn ich jeden
Tag rastlos mit
Glücksspielen und
Bällen verbringe...

Wsch

Jeden Abend auf
einem Ball zu sein
ist so ermüdend...

Ob der
Schwarze Ritter
vor uns gewarnt
wurde?

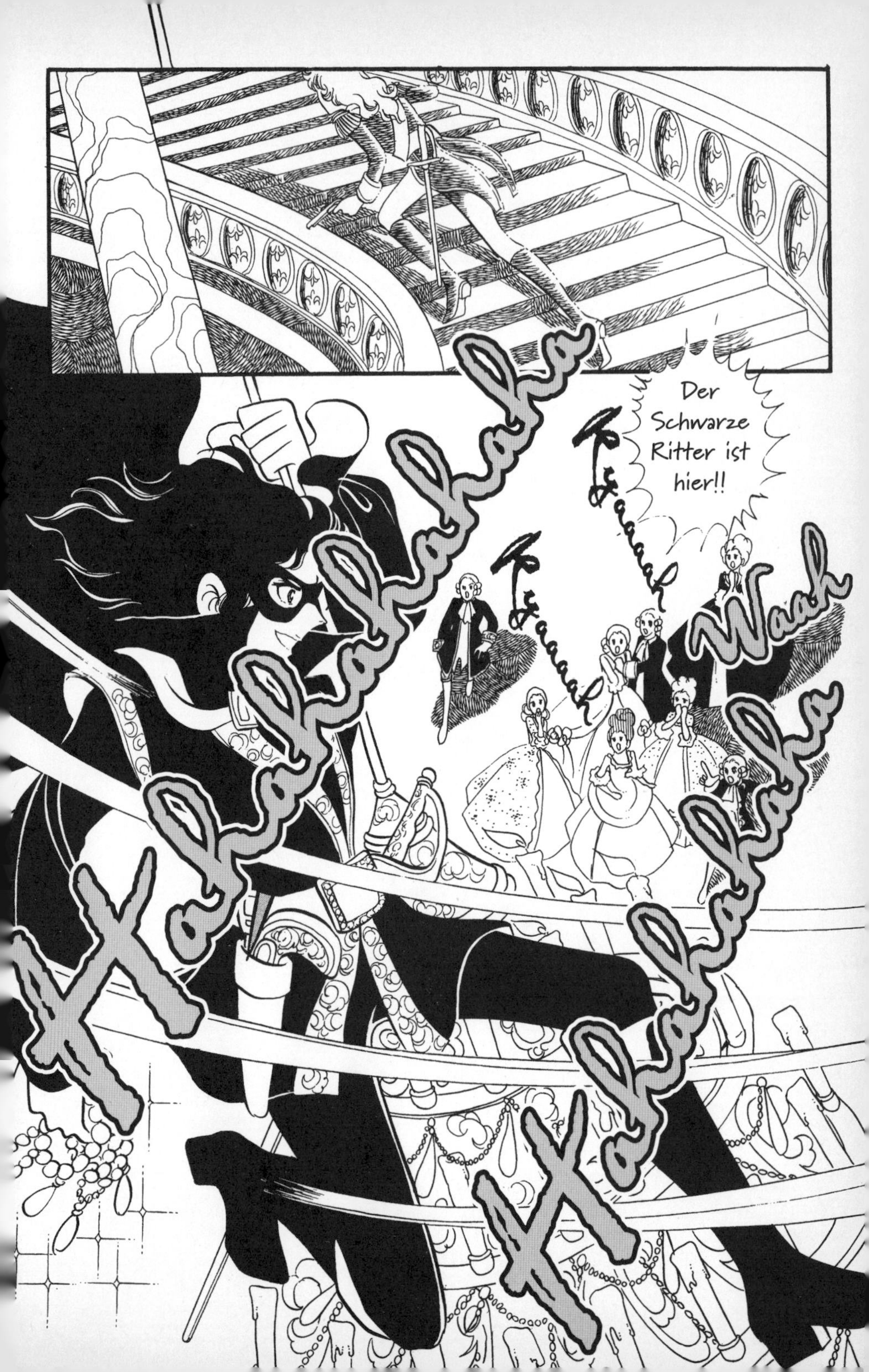
Der Schwarze Ritter ist hier!!
Waah

Bleibt
sofort
stehen!

Me...
Merde!

Hah
Hah
Hah

Stopp!

Oh... das Palais Royal?!
Die Residenz des Herzogs von Orléans?!
Ich verstehe nicht... warum versteckt sich der Schwarze Ritter beim Herzog von Orléans, dem Cousin des Königs...?
Es heißt zwar, dass die Königsgegner sich im Palais Royal träfen, aber...
Baff
Ah...!

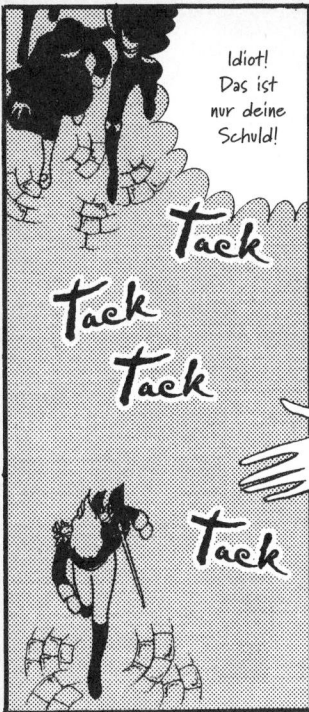

Idiot! Das ist nur deine Schuld!

Tack

Tack Tack

Tack

Bringt ihn nicht um! Er ist der Capitaine der Leibgarde!

Wir müssen raus-kriegen, wo die Waffenkammer ist!

Batsch!

Ah!

Was wollen die in der Waffenkammer?

Capitaine...?

Waffen-kammer...?

Nrgh!

Ah!

Tack Tack

Wo ist er hin?!

Hier! Hier!

Tack Tack

Oh...

Wo bin ich...?
Das bin ich...
Warum...?

Ah, Ihr seid wieder wach!

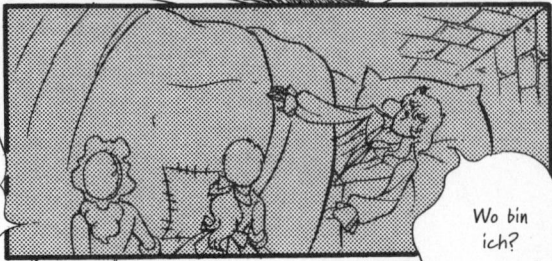

Wo bin ich?

Vergebt mir... Die Gräfin wollte mich verheiraten...

Rosalie...

Wir haben uns solche Sorgen gemacht...

Früher habe ich hier nebenan gewohnt...

Und da sah ich die Person von dem Porträt!

Ich habe mich ja so erschreckt! Ich hörte etwas und guckte raus...

Ihr seid ohnmächtig geworden.

Hmm....!

Oscar...

Rosalie?!

Oh Rosalie... Warum bist du nicht gleich zu mir gekommen?

Du musst keine Angst mehr haben...

Mademoiselle Oscar!

Mademoiselle Oscar!!

Die Gräfin Polignac hat ihren Einfluss verloren...

Gibt es vielleicht noch etwas vor dem Essen? Café au lait?

Ähm...

Schluck...

Es tut mir Leid, mehr haben wir leider nicht...

Ah...

Das ist doch... Nur eine Suppe mit... Gemüseresten? Das ist alles?

Was...

... und zahllose Entrees, Braten und Kuchen und Rotwein...

Hors d'œuvre en Masse...

Nein, dabei haben wir doch immer...

Ich schäme mich wirklich...

Ich...

Ich bin zutiefst beschämt...

Ich schäme mich vor mir selbst...

Wofür entschuldigst du dich?

Rosa- lie...

Ich nahm alles als gegeben an, was mir täglich einfach so zufiel.

Ich dachte, dass ich alles weiß.

Ich habe mir nie vorstellen können, dass Menschen mit so wenig auskommen müssen...

Ich habe das nicht gewusst!

Du hast diese Suppe mit viel Liebe für mich gemacht.

Rosalie...

Sie schmeckt wirklich köstlich.

Oscar...

Tack

Tacka

Tacka

Tacka

Maman und die gute Amme werden sich so freuen, wenn sie dich wieder sehen!

Aah Aah Wah

Was ist los?!

Der Bäcker...?!

Waaa

Der Bäcker ist tot!

Waah

Aaah

Die Bäckerei an der Ecke wurde überfallen!

Wah

Nichts ist übrig, alles geplündert!

Ha! Das hat er verdient!

Paris ist sehr gefährlich geworden...

Bitte liste alle Adelsfamilien in diesem Umkreis auf. In der Reihenfolge von außen nach innen.

Da ist Paris und da ist Versailles.

André, hier ist das Haus der Jarjayes.

Ein falscher Schwarzer Ritter soll ein Haus nach dem anderen überfallen.

Du willst den Schwarzen Ritter nach Jarjayes locken?! Wie denn?

Grins

Äh

Wer... wer... wer macht denn so etwas...

Ein falscher...

112

Ich will ihn hierher locken.

Wenn ein Nachmacher auftaucht, wird er bestimmt nicht tatenlos zuschauen.

Also André! Deine Haare...

Ich doch nicht?! Nie im Leben werde ich ein Dieb...

Waas ?!

Ganz genau, André!

Ich will mein Haar so lassen, wie es ist! Ich hab ja nicht solche Zotteln wie du!

Lass das! Mein schönes Haar!

Zappel Zappel

Fall tot um! Ich kämme mich jeden Morgen! Ganz ordentlich!

Hihihi

Zong

Das natürlich! →

Hab dich! ?!

Und was passiert gleich?

Ach! Mecker nicht! Ist doch viel praktischer so!

Wusch

Wusch
Wuschel

Wir machen noch einen Adligen aus dir.

Ich möchte ihn heimlich stellen, ohne dass der Hof es erfährt.

Oscar, warum willst du ihn eigentlich unbedingt hier haben?

Ich würde gern mit ihm reden...

114

... was
in ihm
vorgeht.

Das ist
kein normaler
Dieb... Ich
will wissen...

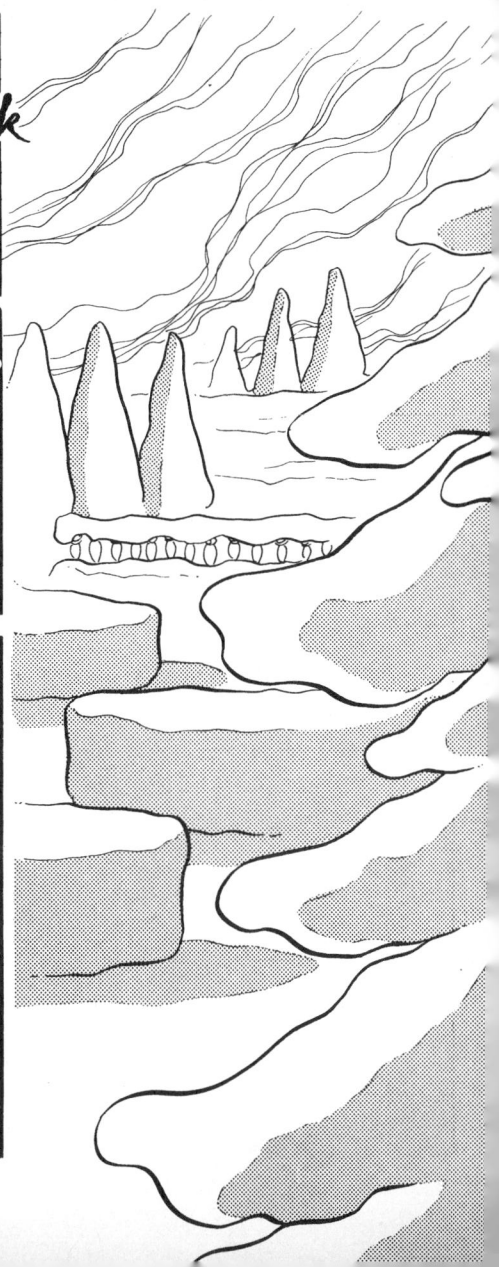

Tschack

Tschack

Tschack

Oh, Euer
Majestät!

Scheint alles
eingefroren
zu sein, was?

Und entlohnt
sie gut.

Das passt gut...
Stellt ein paar
Tagelöhner aus Paris
ein, und lasst sie
Schnee schippen.

Jawohl. Es
wird ihnen eine
Freude sein.

Oh!

Ever Majestät, die Königin erwartet Euch im Schloss.

Ein eigenartiger König.

Keine Mätressen...

Und er liebt sein Volk sehr...

Er interessiert sich für die Jagd, für Bücher und er schmiedet gern...

... trägt er einen einfachen Mantel.

Und während die Königin prächtige Roben trägt...

Was ist mit dem Dauphin?

Oh! Louis Joseph! Unser Louis Joseph...

Hah

Hah

Maman...
Reine...

Hah

Maman...
Reine...

Nach dem
Fieber und seinem
Knochenbau zu
urteilen...

Rücken-
marks-
schwund?!

... könnte er
an Rücken-
marksschwund
leiden.

Oh...
oh Joseph...
Maman ist
ja hier...

...

Er... Er ist
der nächste
König von
Frankreich...

Gibt es keine
Möglichkeit, ihm
zu helfen?!

117

Oh lieber Gott...

Er ist doch erst sieben Jahre alt...

Nach dem heutigen Stand der Medizin kann man nichts für ihn tun?!

Aaaaah...

Ja... Oscar...

Eure Majestät... Eure Kinder sind hier...

Wääh

So, königliche Hoheiten Marie Therese und Louis Charles...

Wir gehen jetzt ein bisschen spielen...

Habt Ihr vergessen,
dass ich ihre
Erzieherin bin?!

Ihr macht
Euch wieder
wichtig,
Oscar!

Ziek!

Verdammt...
Verdammt!!

Verdammt...

Ich dachte,
ich hätte sie fest
in der Hand...
Alle, die mir gestern
geschmeichelt
haben, missachten
mich heute...

Meine Macht
war so
zerbrechlich...

Das ist doch...!
Das ist doch...!

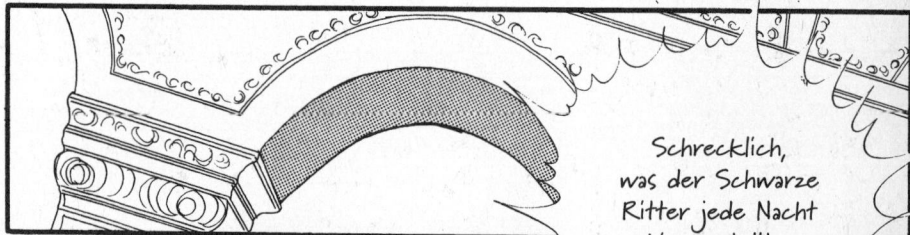

Schrecklich,
was der Schwarze
Ritter jede Nacht
hier anstellt...

Oh... Ah...
Auch bei mir...

Zwei Tage!
Zwei Tage in
Folge wurden
uns Juwelen
gestohlen!!

Wenn man uns
so leicht bestehlen
kann, gibt sich der
gesamte Adel der
Lächerlichkeit
preis!

Was tut der
Polizeipräsident?!
Bald sind wir alle
bankrott!

Yahahahaha Ahahaha

Du lachst!
Aber ich setze
mein Leben
aufs Spiel!

André! Ich ahnte
ja nicht, dass du ein
so begabter Dieb
sein würdest!

Aber man sagt, er
wäre nicht so stilvoll...
Du musst dich da
zurückhalten.

Ha! Lach
ruhig...

Tja... wenn wir den Schwarzen Ritter
haben, gibst du sie zurück.
So höflich wie
ein echter
Ritter.

Und... Was
machen wir
mit den
Juwelen?

Hihihi

Für keine
andere würde
ich so etwas
Albernes tun!

Was?!
Waffen-
kammer?!

Er wünscht Euch
schleunigst in der
Waffenkammer
zu sehen.

Euer Vater
schickt nach
Euch!

Pistolen
...?!

Ah...
Das war
er...

Ah,
Oscar.

Was ist
passiert?!

Sie sind
verschwunden.

Die 200 Pistolen
die wir bestellt
haben, sind nicht
angekommen.

Was? Weißt
du etwas
darüber?

Nein, aber
ich werde sie
zurückholen.

Oh nein!
Der Schwarze
Ritter ist
hier?!

Komm doch
endlich, sonst
muss ich morgen
bei den Jarjayes
einbrechen...

Der
Schwarze
Ritter...

Ah!

Das ist er!!
Endlich!

Das erlaube ich nicht!

Du Betrüger!
Du bringst Schande über meinen Namen!

Kling

Glaub ja nicht...

Erlauben hin oder her...

... dass ich das nur zum Spaß mache.

Kling

Kling

Kling

KAPITEL 5

Oscars Herz

Anhalten
oder ich
schieße!

Haltet an,
Schwarzer
Ritter!

Ah! Merde...!

Ich bin in die Falle gegangen... Merde!

Ich habe die Pferde im Hof gehört...

Oh, Rosalie. Du kannst auch nicht schlafen?

Vielen Dank.

Komm mit in mein Zimmer, du erkältest dich sonst.

Wir reden ein wenig, bis du dich beruhigt hast...

Tapp!

Ah!

?

André!

Der...der
Schwarze...

Das
ist der
andere!

Schweig!

Aah...

Gnaa
Gnaa

Nimm mich
und nicht sie
als Geisel!

Warte! Du...
du schwarzer
Bastard!

Verschwinde,
alte Vettel!

Plo

Ganz schön
mutig, junger
Mann!

Er könnte sonst für immer sein Augenlicht verlieren.

Lasst bitte den Verband auf dem Auge.

Mein Auge...

Es brennt... Es brennt...

Hörst du? Ich bin es... Bitte verzeih mir...

André...

... dass es nicht dein Auge war...

Ich bin froh...

Für dich würde ich jederzeit auch mein anderes Auge geben, Oscar.

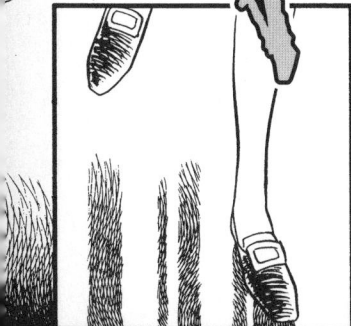

Mademoiselle?!

André!

André...

Ich muss sie retten. Das war meine Schuld...

Oscar, ist es wahr, dass der Schwarze Ritter Rosalie entführt hat?

Der Herzog von Orléans, Cousin Seiner Majestät, ersucht um Erlaubnis, Euren Sohn zu besuchen!

Eure Majestät!

... der sich den Tod des Dauphins am meisten wünscht, denn das ebnet seinen Weg zum Thron... Er besucht den Prinzen, lächerlich...

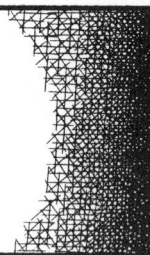

Der Herzog von Orléans...

Es wird neuerdings immer gefährlicher...

Commandeur Jarjayes. Ihr bildet die Leibgarde gut aus?

138

... aber das sind meine besten Männer.

Wegen Finanzminister Briennes Sparplänen wurde die Truppe um 300 Mann verkleinert...

Schock

Bitte seid vorsichtig... Es heißt, die Gegend um das Palais Royal wird immer gefährlicher.

...

Ich mache Maman Reine und Papa immer traurig..

Oscar Francois...

Ich bin ein schlechter Junge...

Danke für deine Mühe. Was sagt der Herzog?

Commandeur de Jarjayes, ich bin zurück.

Ah. Er freut sich, sagt er...

Ja...

Der Herzog von Orléans freut sich, Euch im Palais Royal zu empfangen.

... wenn ich mich nicht irre...

In jener Nacht verschwand der Schwarze Ritter im Palais Royal...

Wie mutig!

Ich muss es riskieren.

In die Höhle des Löwen...

Tracka

Track

Track

Hm?

Groβmutter...
Die Kutsche, war
das Oscar?

Ah. Du
bist auf-
gewacht?

... den
Herzog
von Orleans
im Palais
Royal.

Sie hat
viel zu
tun...

Sie besucht
heute den Cousin
des Königs...

Palais
Royal?

Lass mich los!

André ?!

Nein! Oscar ...!!

Du kannst nur auf einem Auge sehen! Und nicht mal gerade laufen! Bleib hier!

Waff

Bring mir den schwarzen Anzug!

Oscar ist in Gefahr!

Ah... Ihr dürft passieren.

Commandeur Oscar Francois de Jarjayes ist hier...

Tschak

... sitzen
viele Leute
aus dem Volk
im Salon!

Soso, beim
berüchtigten
Herzog von
Orléans...

Haha... Seid Ihr
schockiert? Meine
Residenz wird
unabhängig vom
Stand...

Willkommen,
Commandeur
Jarjayes.

... von jungen
Juristen und
Journalisten
genutzt.

Unabhängig vom Stand...? So eine freie und offene Atmosphäre!

... suchen müsste, würde ich gern mit ihnen diskutieren...

Wenn ich nicht Rosalie und den Schwarzen Ritter...

Politik, Wirtschaft, Literatur, Schauspiel, Musik...

Das war wirklich ein Vergnügen, Oscar.

Wir sollten uns bald wieder treffen und reden.

Ich habe nie damit gerechnet, dass Ihr als Commandeur meine Residenz besucht.

Euer Latein ist wirklich ausgezeichnet.

»Abhandlung über den Ursprung und die Grundlagen der Ungleichheit unter den Menschen«.

Rousseau?

Die klassische Literatur ist gewiss gut, aber Ihr solltet auch Jean-Jacques Rousseau lesen.

Wenn Ihr es lest, versteht Ihr, dass die Welt nicht nur für den Adel gemacht wurde.

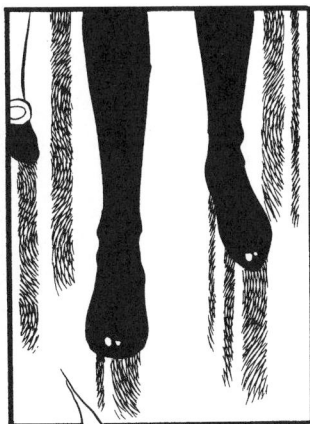

Ja.

...

... und keine Spur von Rosalie...

Niemand sah aus wie der Schwarze Ritter...

Ich habe nichts heraus- gefunden...

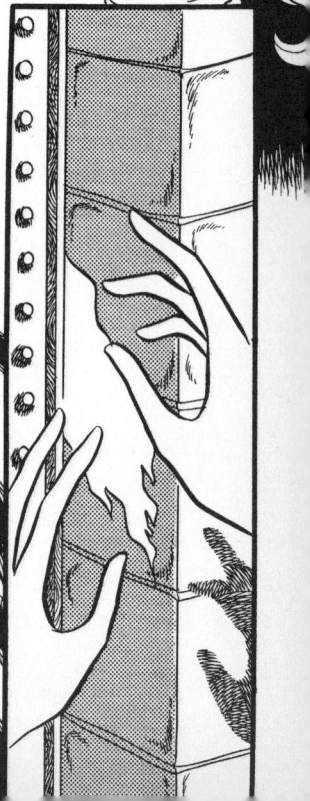

Baaaam...

Aah!!!

Hände hoch!

Nein... Es war doch eine Falle!

Ganz ruhig!

Die Pistole und den Degen! Schnell!

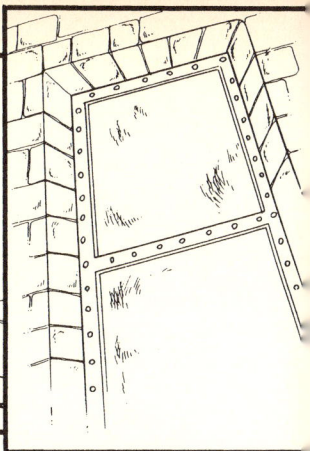

Das ist
also...

... das Palais
Royal...

Wenn ich ohne
Erlaubnis hineingehe,
werde ich bestimmt
verhaftet...

Die Residenz
des Herzogs
von Orléans.

Aber vielleicht
komme ich als
Schwarzer
Ritter rein.

Meine
Chancen
stehen
50 zu 50...

Patt

Sei still!

Uh!

Wie habt Ihr das...

Schweig!

Dieses Mal wirst du tun, was ich dir sage!

Eine falsche Bewegung, und ich drücke ab!

Merde...

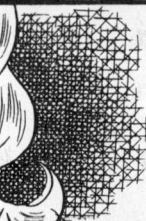

Du hast
mich rein-
gelegt!

Aua!!

Zack

168

Oscar...

Du...
Du?!

Du hast
auf mich...
geschossen?

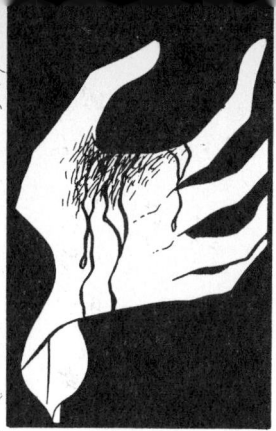

Du wolltest
ja, dass ich dir
die Maske
abnehme!!

Schwarzer
Ritter!!

Nein! Ich will ihm dasselbe antun, was er dir angetan hat!
Das hat doch keinen Sinn! Wozu!
Er hat dir dein linkes Auge geraubt!
Dein linkes Auge...
Lass mich looos!!
Beruhige dich, Oscar!!
Rache ist sinnlos!
Ein Offizier folgt nie seinen Gefühlen!!

... nie seinen
Gefühlen...

Ein Offizier
folgt...

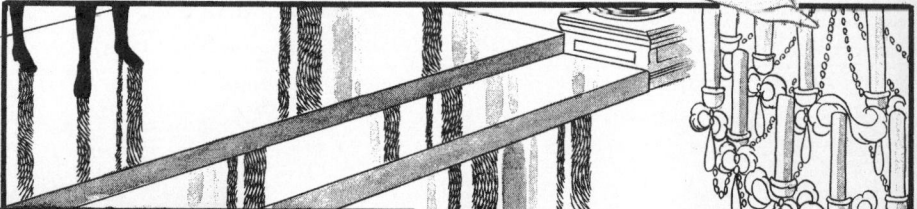

Wo wart
Ihr denn?

Mademoiselle
Oscar!!

Der Zustand des
Dauphins hat sich
plötzlich verschlechtert,
und er muss bald in
einen Luftkurort...

Gerade
war ein
Eilbote
hier...

Kjaah!

André!!

Bamm

An...An... der andere André...

Hi...Hi...Hi Ha Ha

Das ist doch gar nicht André. Das ist der Schwarze Ritter.

Wumm

Maman...

Ma...

Du darfst
nicht
reden...

Die Kugel
ist draußen...

Du...

Bitte verzeih mir... Ich konnte ja nicht wissen, dass du der Schwarze Ritter bist.
Du hast mir so geholfen, als meine Mutter starb.... Bitte verzeih mir! Es tut mir so Leid...
Ihr seid wach?
Ihr seid Bernard Châtelet, oder? Wir sind uns mal in einem Bistro begegnet.
Ihr habt mich als Hund der Königin beschimpft.
Und dieser Robespierre ist euer Diebes-komplize?

Und da haltet ihr euch für etwas Besseres als Diebe?!

Ihr arbeitet nicht, ihr macht gar nichts...

Ihr fresst, was andere kochen und zieht an, was andere genäht haben...

Ihr seid alle nichts als faule Parasiten.

Bernard!

Hah

Hah

Ooooh!

Hör mir gut zu...

Robespierre...

Ich erzähl dir noch was, du Hund der Königin...

Sein Vater hat ihn und seine drei Geschwister aus dem Haus geworfen.

... war sechs, als seine Mutter starb.

Er war erst sechs. Verstehst du das?

Ihm wurde alles genommen... Liebe, Wärme...

Sie hatten gar nichts!

Seine Mutter war tot, sein Vater hat sie allein gelassen, niemand auf der Welt kümmerte sich um ihn, seine kleinen Schwestern und den Bruder.

Trug immer alte, schäbige Kleidung...

Da er sehr intelligent war, bekam er ein Stipendium des Louis le Grand Collége...

... und ging nie aus, weil er kein Geld hatte.

Aber auch dort war er immer einsam... Er hatte keine Eltern, so wie all die anderen Kinder...

Maximilien Marie Isidore de Robespierre hatte gar keine andere Wahl, als sich ganz der Wissenschaft zu widmen.

Er war so unendlich einsam... Sein Herz voll von ungeweinten Tränen...

Seine einzige Freude war das Lernen.

Wie peinlich es ihm war, nur schäbige Kleidung zu tragen?

Wie einsam er war...

Verstehst du das?

Was geht im Herzen eines elfjährigen Kindes vor...

... das kein Zuhause mit liebenden Eltern hat?

Könnt ihr Adligen so etwas verstehen?!

Du darfst nicht so viel reden...

Hah

Hah

Bernard... bitte leg dich hin...

...

... zum Adel zu gehören...

Man muss sich schämen...

Die Königin lässt Euch rufen.

Ihr sollt den Dauphin zum Schloss Moudon eskortieren.

Mademoiselle.

Ha! So ein Aufwand für einen kleinen Adligen!

Der Dauphin...

... er leidet an Rückenmarksschwund, oder?

Aber einer Mutter ist es egal, ob ihr Kind adlig ist oder nicht!

In der Tat.

Ever Bruder fährt ins Schloss Moudon, damit er wieder gesund wird.

Oscar! Oscar! Wohin bringt Ihr meinen Bruder?

Dann bringe ich Euch die Pistolen mit, das verspreche ich Euch.

Oscar... hah.. hah... kommt Ihr hin und wieder nach Moudon?

Maman Reine... Maman Reine... bitte verzeiht mir...

Oh, Louis Joseph...

Mein kleiner Junge!!

Versailles ohne dich ist so öde und leer...

Ah...

Marionette
des Palasts!

Wenn Ihr ein guter
Offizier der Garde
werden wollt, müsst Ihr
nicht nur gepflegt
aussehen...

Hauptmann
Girondelle...

... gehe ich davon
aus, dass wir alle
ruhig selbstbewusster
sein sollten...
meistens jedenfalls.

Daher...

... seid
Ihr auch
selbstbewusst
genug?

Hm...

Bin ich
nur eine
Marionette?

Hm?

188

Commandeur! Diese Kutsche da...

Das ist doch...

Hm?

Wir sind auf dem Weg nach Italien, doch die Wagenräder versinken im Schlamm...

Wie Ihr seht.

Wir können keinen Boten zu meinem Bruder schicken...

Mademoiselle Sophia, darf ich Euch helfen?

Oh, Ihr seid es...

Jawohl, Commandeur.

Danach könnt Ihr nach Hause gehen.

Hauptmann Girondelle, geht bitte in die Residenz des Grafen von Fersen in der Rue de Martignon und bittet, eine andere Kutsche zu schicken.

Vielen Dank
für Eure Hilfe,
das ist ja so
nett von Euch...

Mademoiselle
Oscar... Wird mein
Bruder denn nie
mehr nach Schweden
zurückkehren?

Möchtet Ihr
einen Kaffee mit mir
trinken, während
Ihr auf die Ersatz-
kutsche wartet?

In der
Nähe ist das
berühmte Café
Frascati.

Mein Vater
macht sich
große Sorgen
um ihn.

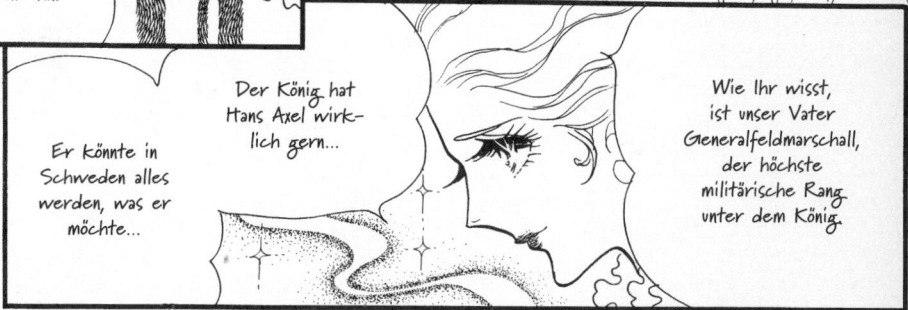

Der König hat
Hans Axel wirk-
lich gern...

Er könnte in
Schweden alles
werden, was er
möchte...

Wie Ihr wisst,
ist unser Vater
Generalfeldmarschall,
der höchste
militärische Rang
unter dem König.

Mademoiselle
Sophia...

... auch für
Männer gibt es
Wichtigeres als
die Karriere...

Nicht nur
für Frauen...

190

Dieses Gerücht über meinen Bruder und die Königin...

... ist also wahr?

Solange die Königin hier ist, wird er das Land nicht verlassen.

Ich glaube, seine Gefühle besser zu kennen als jeder andere.

Wart Ihr schon einmal verliebt?

Oscar...

Schreck

Haha... Wenn ich nicht wüsste, dass Ihr eine Frau seid, hätte ich mich...

Oh, bitte verzeiht mir...

... bestimmt vor Liebe nach Euch verzehrt...

... und an meiner unerfüllten Sehnsucht wäre ich sicher gestorben...

Das meine ich ganz ernst.

Nur weil ich als Frau geboren wurde...

... kann ich leider einer so schönen Frau wie Euch keinen Heiratsantrag machen.

Welche Ehre!

Haha...

... dachte ich die ganze Zeit, ich sei ein Junge... ich habe nie daran gezweifelt...

... aber als ich klein war...

Mademoiselle, vielleicht glaubt Ihr mir das nicht...

Jetzt muss ich wirklich auf Wiedersehen sagen.

Mademoiselle Oscar Francois de Jarjayes... Ich werde Euch nie vergessen.

Track Track

Auf Wiedersehen, Mademoiselle Sophia.

Oh, Hans Axel!

Oscar!

194

Die Königin ist sehr traurig und niedergeschlagen...

Ja...

Ich habe heute den Dauphin zum Schloss Moudon begleitet...

Hm?

Oscar...

Ah!

Also...

... doch...
Du warst
es...

Patsch!

Lass los!!

So ist das also...

Warum...
Warum habe
ich es nie
gemerkt...

Warum habe ich es nie bemerkt?
Deine Augen, deine Blicke sagen ja...
... alles, was dein Herz fühlt.
Ich habe dich nie als Frau...
Diese ganze lange Zeit hast du mir dieses Gefühl entgegengebracht...
Warum... Warum habe ich es nie bemerkt?!

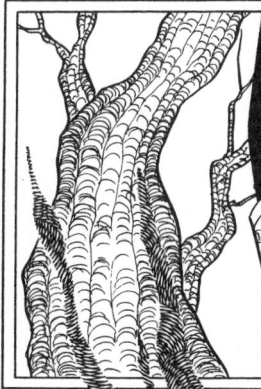

... dann hätte ich mich nie in ihn verliebt.

Wenn Axel nicht so wäre...

... dass du...du...du... wegen mir so leiden musst...

Oscar... Ich habe es nie bemerkt...

Das könnte ich nicht.

Aber da ich es jetzt weiß, wird nichts mehr so sein wie früher...

Ich bin stolz, dein Freund zu sein!

Ich will dich nicht als Freund verlieren...

Wir haben zusammen gestritten und unseren Kummer geteilt...

Du bist mein bester Freund!

Aber glaub mir, Oscar!

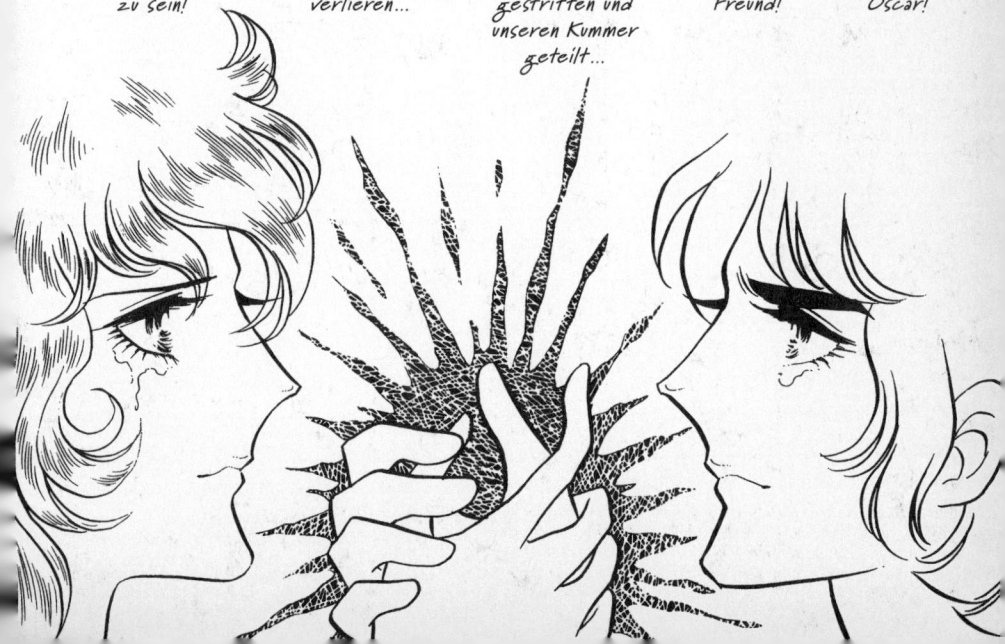

Oscar! Das ist das...
... Ende unserer langen Freundschaft!
Ich wusste, dass dieser Tag irgendwann kommt...
Es musste ja geschehen...
Oh... Ooh!!
Oh, Gott! Warum musste ich ihm begegnen als ich noch so jung war?
Warum habt Ihr uns drei hier in Frankreich zusammengeführt und unser Schicksal so untrennbar miteinander verbunden?!

Er drückt beide Augen zu und schert sich nicht um das, was wir machen.

Der Herzog von Orléans...

Er will den König stürzen und selbst den Thron besteigen.

Aber er ist nicht wirklich auf unserer Seite.

Nur deswegen will er das Volk auf seine Seite bringen.

Sein Vorhaben ist uns eigentlich egal.

Wir werden ihn ausnutzen, solange es geht.

Haha, nicht sehr diplomatisch.

... was sind eure Ziele?

Und...

Niemals! Liefere mich schnell dem Hof aus! So sparst du viel Zeit!

Glaubst du wirklich, dass ich das verrate?!

Das Volk wird die Ständegesellschaft abschaffen und den verdorbenen Adel vernichten!

Aber eins sag ich Dir!

Mit Sicherheit!

Auch Adlige lieben und hassen... Ganz normale Menschen, die leben wollen...

Der verdorbene Adel...

Nichts. Ich bin nur etwas müde.

Hm...

Oscar?

Oh, du hast aber geschwitzt! Du hast ja Fieber!

Ah, Bernard. Wir müssen die Laken wechseln.

Schwupp

Nein! Nein! Das ist nicht nötig!

Raus hier!!

Lass das! Lass das!

Ich habe mich getäuscht.
Er ist nicht der
Schwarze Ritter.

Oscar...

Du stellst
dich gegen
deinen
Vater?!

Ich werde
ihn pflegen, bis
seine Wunden
verheilt sind.

Was...
Was sagt
Oscar?

Sie ist sicher in ihrem Zimmer...

◇ Oscar?

Ratt!

Ich könnte dich als Geisel nehmen und flüchten.

Auch wenn sie so tut, als wäre sie ein Mann, ist sie doch nur eine Frau... und nicht vorsichtig genug.

... dass du mich weder verletzen noch töten könntest...

Oscar hat gesagt...

... und ich deswegen als Geisel ungeeignet bin.

... was für
eine Frau...

Oscar
Francois...

Quietsch

Du sitzt ja
im Dunkeln.

Oscar?

Ich hole
dir eine
Kerze.

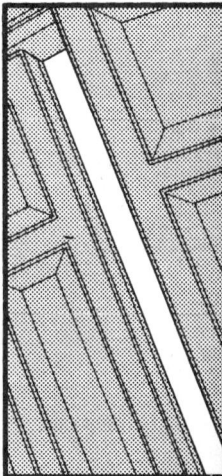

Nein!
Lass es
wie es
ist!

André
Grandier.

André...

Wie...

... heißt
du?

Schock

Ah, du
bist es!

Du bist das
Kind, das mein
Spielgefährte
werden soll.

Er ver-
sucht,
»Made-
moiselle«
zu sagen.

Made...

Ma...

Madem...

Ma...

Du hast dich mit von Fersen getroffen?!

André...

Oscar! Sag was!

Hast du doch, oder?! Was ist passiert?

...

Nein!

Lass mich los...

Ah...

Lass mich los, André!!

Nein!!

Oder töte mich! Es ist mir egal!

Los, Oscar! Schrei doch! Schrei doch!

Hast du Angst vor mir?!

Ich liebe dich!!

Wenn ich in deine Augen sehe, in denen tief drinnen Orion wie in einer klaren Winternacht strahlt...

Ich weiß nicht mehr wie lange schon, aber immer, wenn der Wind in deinem Haar spielt...

Wenn ich nur sehe, wie deine Lippen manchmal beben, wenn du atmest...

Oscar! Bitte! Bleib hier! Hör mich an!

Babumm

Bumm

Bumm

Babumm

... dann wird mir heiß und kalt... Es ist wie ein Fieber...

Ich finde keine Ruhe mehr.

Nie habe ich an eine andere gedacht.

Seit mehr als zehn Jahren sehe ich nur dich, nur dich.

Oscar...

Aber, wenn ich mit ansehen muss, wie du einen anderen Mann...

Nie habe ich zu hoffen gewagt, dass du meine Geliebte oder meine Gemahlin werden könntest...

Mein Leben gehört dir, wenn du es willst.

Du weißt, ich tue alles für dich.

Dann töte mich besser hier und jetzt.

Bitte... Hilfe...
Ah... Axel...

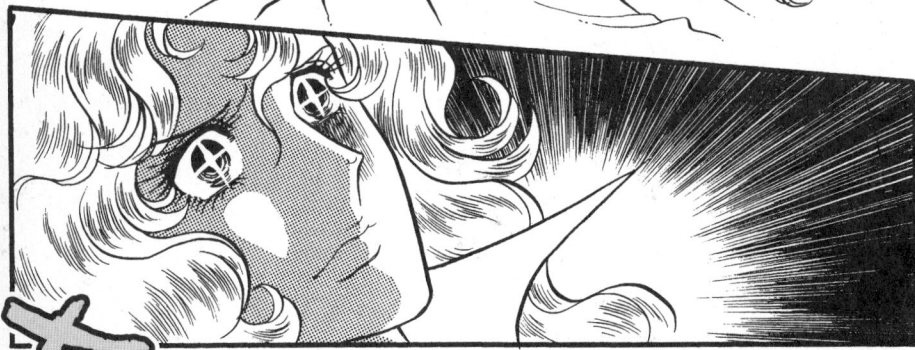

... was wirst
du jetzt tun,
André...

Und...

Ich schwöre
bei Gott, ich
werde das nie
wieder tun.

Verzeih
mir...

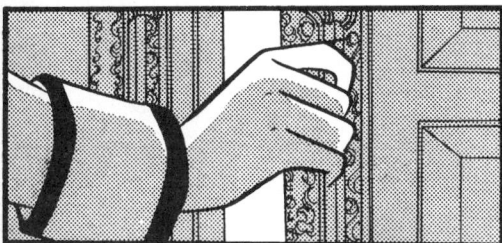

Pik Ass...
Das ist nicht
so einfach.

Wir müssen
noch geschäft-
lich miteinander
reden.

Schrei
nicht so.

Ich fürch-
tete, dass
du das
vergessen
würdest.

Ihr habt der
Garde 200
Pistolen
gestohlen.

Wann, wann
hätte...

Geschäft-
lich?!

1.000
Livres.
Ein Sonder-
angebot.

Die Ware zu
erhalten, ohne sie
zu bezahlen... das
ist kein faires
Geschäft.

Ich will nur,
dass Ihr
bezahlt.

Was bitte?!
Merde! Ich
bin ein Dieb!

Der
Schwarze
Ritter wird
niemals
bezahlen!!

Was...
Was...

Htm... ich
kenne keinen
Schwarzen
Ritter...

Der
Schwarze
Ritter?

Zu dem
erstaunlich
günstigen
Preis von
1.000
Livres.

Taek

Bitte zahle
diesen Betrag der
Waffenkammer
der Garde.

Bernard
Châtelet, du
hast die
Waffen von
uns gekauft.

Der Handel ist perfekt!

Karo Ass.

Raff!

Das ist alles nicht einfach...

... aber es gibt etwas, das ich tun muss.

Was hat sie vor?!

Was...

Bernard, Zeit,
den Verband zu
wechseln. Leg
dich bitte hin.

Aaaaah

Ich bin eine
ziemlich gute
Schützin.

Schön. Bald
ist die Wunde
verheilt.

Hihihi

Du bist
meiner
Muter so
ähnlich...

Rosalie...

Sie
ertränkte
sich in der
Seine...

Sie starb,
als ich
noch klein
war...

Mutter...?

231

Meine Mutter kam aus einer verarmten Kaufmannsfamilie...

Mein Vater ist ein Adliger...

Bernard!

Er war verheiratet und hatte Kinder. Trotzdem machte er meine Mutter zu seiner Mätresse.

Er verliebte sich in sie...

Er schenkte ihr eine große Villa in Paris... und dann kam ich zur Welt.

... weiß ich nicht.

Ob Mutter das glücklich machte...

... sang sie immer ganz leise, leiser als das Flattern von Schmetterlingsflügeln...

Soweit ich mich erinnern kann...

Fremde Männer stürmten ins Haus und warfen uns aus der schönen Villa mit dem Obsidiantisch und den prächtigen Kronleuchtern...

Damals war ich fünf...

Wir durften nichts behalten.

Mein Vater nahm sich eine neue Mätresse. Uns warf er raus.

Auf der Straße... Sie hat geweint und geweint...

Meine Mutter hat geweint, mit mir in ihren Armen.

Platsch

... und stürzte sich in die Seine...

Sie hielt mich ganz fest...

Zitter...

Uaah...

Bernard!

Es ist kalt!
So kalt!
Kalt! Kalt!!

Das Wasser war so kalt, als wollte es mir Arme und Beine abreißen.

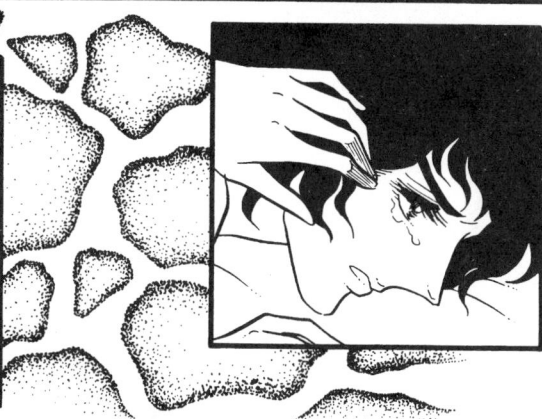

... und in meinen Armen hast du geweint und geschworen, alle Adligen zu töten...

Deine Mutter wurde von der Kutsche einer Adligen getötet...

Auch wenn es schon zehn Jahre her ist, ich habe dich nie vergessen.

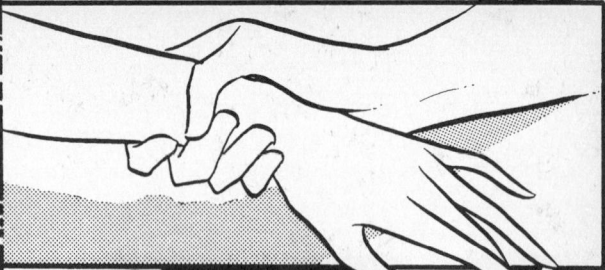

Darf ich...
mich in dich...
verlieben?

Rosalie...

Was?

Oscar,
was habt Ihr
gesagt?!

Eure Majestät, bitte entlasst mich aus der Leibgarde.

Warum... Oscar?!

Aus welchem Grund?!

Bitte versetzt mich, Eure Majestät!

Der Schwarze Ritter ist mir entwischt!

Der Schwarze Ritter oblag nie Eurer Verantwortung.

Nein, Oscar... Ihr dürft die Leibgarde nicht verlassen...

Wie könnte ich Euch entlassen?

Eure Majestät!

Ich habe Euch seit Eurer Ankunft aus Österreich...

... die ganze Zeit treu und loyal als Leibgardist gedient.

Während dieser Zeit habe ich Euch nie um eine Beförderung gebeten.

Eure Majestät, ich bitte um Eure Erlaubnis!
Ich flehe Euch an, Majestät! Das ist der erste und letzte Wunsch von Oscar Francois de Jarjayes!!
Oscar...
Niemand hat mich jemals um eine Entlassung gebeten.
Versteht mich nicht falsch. Wenn Ihr es wünscht, befördere ich Euch auch zum General.
Ich bitte Euch um die Erlaubnis, die Leibgarde zu verlassen...
Sonst...
... werde ich den Dienst quittieren...
... und den Hof nicht mehr aufsuchen.

Oscar...?!

Ausgezeichnet! Ich nehme alles, was nicht zur Leibgarde gehört!

Zurzeit ist nur...

... eine Position als Commandeur der Garde Francais frei, die in Versailles stationiert ist.

Die Soldaten der Leibgarde sind alle von ausgesuchtem Aussehen, Charakter und adliger Herkunft.

Das wird bei der Garde Francais nicht der Fall sein... Dort sind nicht nur Adlige aus angesehenen Häusern...

Oscar Francois...

◆ GARDE FRANCAIS: EINGESETZT IM JAHRE 1563, UM DEN HOF ZU BESCHÜTZEN. DIE KASERNEN DER WACHEN BEFANDEN SICH IN DER CHAUSSEE D'ANTAN IN PARIS.

Und... Oberbefehls-
haber General Buiet
ist nicht gerade ein
Freund Eures Vaters...

Das ist
mir
recht.

Das ist mir
auch recht!

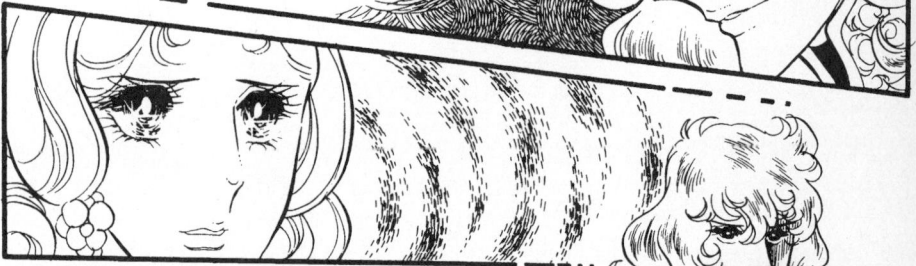

Warum muss das
so unbedingt
sein? Was habt
Ihr vor...?

Oh,
Oscar...

Oscar...

Bamm!

Badamm!

Monsieur!

243

Raff
Raff

Ruh

Jeder Mensch hat das Bedürfnis, gute Bücher zu lesen.

Ein gutes Buch fesselt jeden, unabhängig von Herkunft oder Position.

Bitte lassen Sie mich in der Bibliothek allein, Papa.

Oscar!

Danach werde ich den Dienst bei der Garde Francais antreten.

Oscar! Weißt du nicht, warum dein Vater dich zur Leibgarde...

Oscar, was ist mit der Leibgarde...

Übermorgen führe ich die letzte Truppen-inspektion durch.

Ich bin keine Marionette!!

Als Frau kann sie nie eine andere Truppe als die Leibgarde leiten!!

So eine Idiotin! Weiß sie denn nicht, wer und was sie ist?

Ausgerechnet die Treibhausblume will die Welt sehen...

Mon- sieur?

André! Du wirst der Garde Francais beitreten!

Ist André hier?! André!

André!

Monsieur, Euer Blutdruck...

Seid still!

Bleib so lange bei ihr, bis sie ihr die Nase einschlagen und sie wegrennt!

Monsieur?!

Bleib bei Oscar!

Wir nehmen nur das weg, was die Adligen uns geraubt haben!!

Du willst mir Vorschriften machen?!

Unter einer Voraussetzung: Du stiehlst nie wieder!

Egal was ihr vorhabt, du denkst dir etwas anderes aus!

Aber wenn du weiter stiehlst, werde ich dich weiter verfolgen müssen.

Ich verstehe das ja.

... ich möchte nicht, dass meine liebe Rosalie einen Dieb heiratet.

Und...

Grins

Klapp

Klirr! Scheppe

Bernard Châtelet hat einen Mutterkomplex... Er braucht dich und dein warmes, sanftmütiges Herz so sehr...

Oh... Mademoiselle Oscar?!

Hm? Magst du ihn nicht?

Rosalie, hör zu...

Ich... Ich...

Oscar...

Wer? Ich?! Niemals!

Mutterkomplex!

Oh...

Bernard!!

Ihr reist morgen ab.

Oh!
Oscar!!

Nun...

Wenn du ein Mann wärst, hätte ich dich zum Duell fordern müssen.

Sie ist meine teure Schwester. Bitte mache sie glücklich und liebe sie bis ans Ende deiner Tage.

Ver-
sprochen.

Bernard Châtelet.

Frankreich ist noch zu retten.

Ich weiß jetzt, dass es Adlige wie dich gibt.

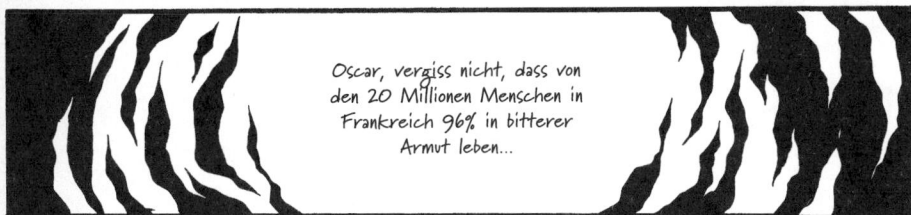

Oscar, vergiss nicht, dass von den 20 Millionen Menschen in Frankreich 96% in bitterer Armut leben...

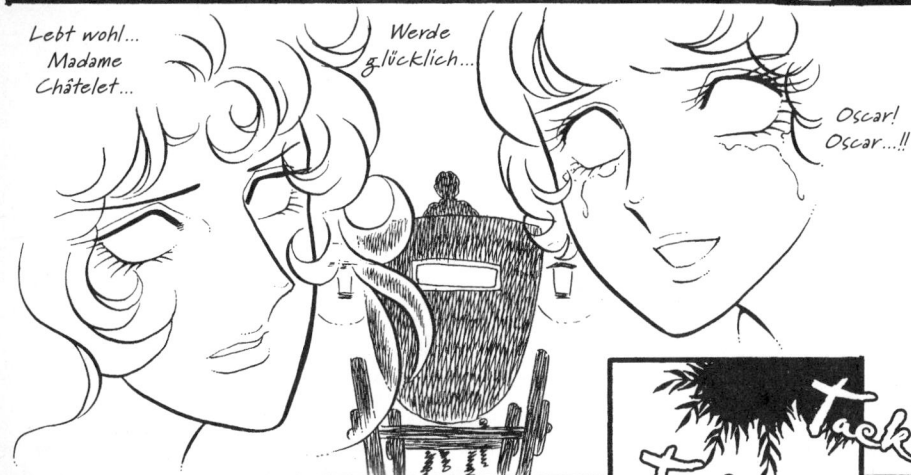

Lebt wohl... Madame Châtelet...

Werde glücklich...

Oscar! Oscar...!!

Ja...

Sie sind weg.

Tack

Tack

Tack

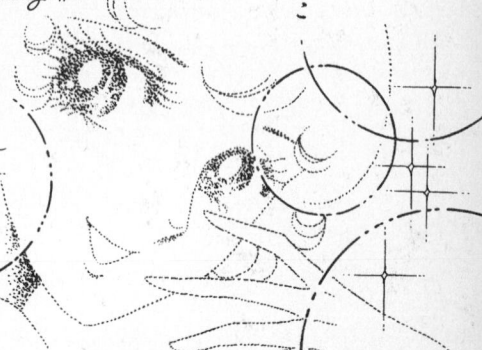

... könnte ich gar nichts machen.

Ohne dich...

Aber ich weiß...

... ich kann mich nur so frei bewegen, weil du...

... immer an meiner Seite bist.

Oscar...

HAUPT-QUARTIER

Commandeur! Sie sind alle auf dem Übungsplatz!

Gut!

Keiner da...

Ich verstehe das nicht, vor einer Sekunde waren sie noch da...

Adjutant !!

In die
Kaserne
natürlich!!

André!
Komm mit!

Wo...
wohin?

SPEISESAAL,
OFFIZIERSKASINO
←

Hahaha
Ahahaha
Buaaahaha
Mahaha

Krack
Krack
Krack

Aber wir müssen unseren Ruf wahren.

Es ist uns eine Ehre, Euch empfangen zu dürfen...

Einfacher gesagt...

... soll das werden?

Was...

Auch wenn es um die Bewachung des gleichen Palasts geht, wir sind mehr als nur Dekoration!

... von einer Frau nehmen wir keine Befehle entgegen!!

... besser hüten, wenn ihr keine ebenbürtigen Gegner für mich seid!!
Also kommt raus! Du und du dahinten auch!!
Champagner
Klirr
Watsch
Schepper
Schnell!!! Ihr wisst doch, welche Strafe auf Befehlsverweigerung steht, oder?!
Ihr betrinkt euch um diese Uhrzeit?!
Waas?!
Sind nur Säufer und Tagediebe bei der Garde Francais?!
Waaah
ALLE DIENSTGRADE AB »LEUTNANT« WURDEN ALS »OFFIZIERE« ZUSAMMENGEFASST. ADLIGE, DIE DIE OFFIZIERSAKADEMIE ABGESCHLOSSEN HATTEN, WURDEN SOFORT ZUM LEUTNANT BEFÖRDERT.
Du machst uns keine Angst!
Was willst du dürres Ding direkt von der Offiziersakademie schon machen! Hä?!

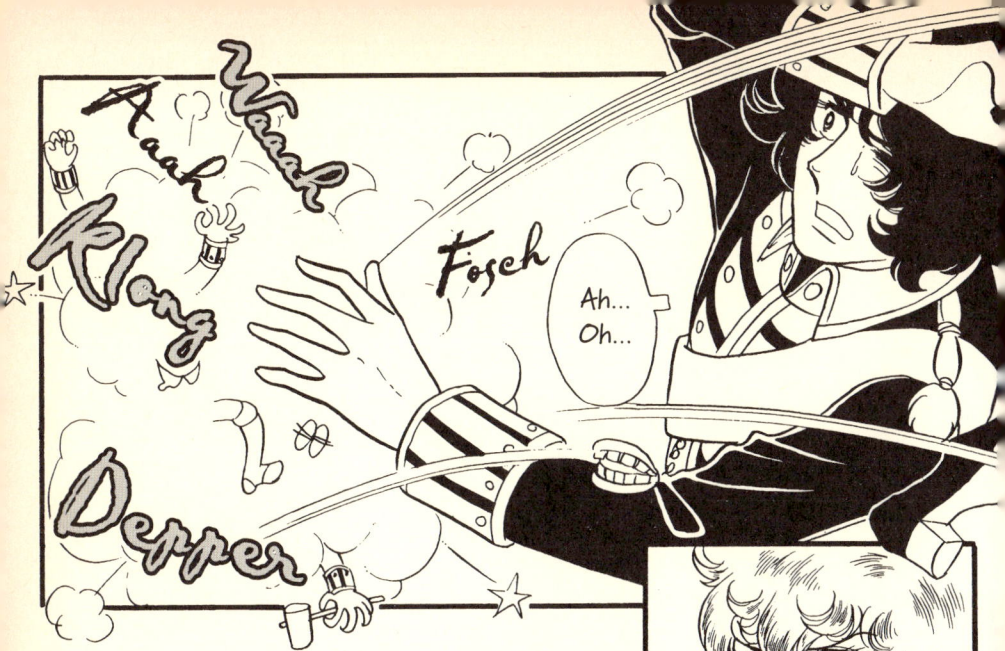

Den merke ich mir. Alain de Soisson... Ein Adliger...

Jawohl! Alain de Soisson!

Das war's. Weggetreten!!

Waaas Wääää Waaah

Die Neuernennungsfeier findet nicht statt! Ab morgen wird exerziert!!

Die ist schneller wieder weg als du gucken kannst...

Keine Feier...? Dann gibt's ja nichts zu trinken!

Was ist das denn für eine...

He, Alain...

... unsere Dienstzeit läuft erst Ende nächsten Jahres ab.

Exerzieren?! Wir sind doch keine Kadetten!

266

Bestrafen? Alle zusammen?

Oscar, das war Befehlsverweigerung! Eine Disziplinarstrafe für alle!

Das kann nicht die richtige Lösung sein!!

Maman Reine! Schau da...

Oh, ja. Graf Artois und Graf Provence...

Maman Reine... darf ich mit, wenn Ihr das nächste Mal Brüderchen in Moudon besuchen geht?

Tja, Charles... Wirst du auch so brav sein können wie Marie Therese?

Wann wird der arme Dauphin wohl sterben, Graf Artois...

Wir alle wissen, dass er nicht zu retten ist!

Ah...

Oh, da ist aber noch Prinz Louis Charles...

Ihr kommt dem Thron immer näher...

Das nächste Jahr wird er nicht mehr erleben... Nicht mit Rückenmarksschwund...

Nein....!

Louis Charles?

Ha! Wer weiß, ob das wirklich der Sohn meines Bruders ist!

Ja, mein Bruder ist zu sanftmütig... Ich würde nicht zulassen, dass Louis Charles den Thron besteigt!!

Er ist sicher das Kind von Graf von Fersen oder einem anderen.

Läster
Läster

Graf Artois... Graf Provence...

Nicht nur das einfache Volk...

Marie Therese! Louis Charles!!

Die eigenen Geschwister verleumden den König...

Wir gehen!

Ich... Ich wusste es nicht!

Baaaam!

Nicht nur das Volk ist gegen mich... Oh... oh!

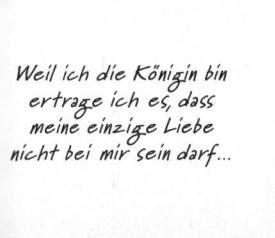

Weil ich die Königin bin ertrage ich es, dass meine einzige Liebe nicht bei mir sein darf...

Das ist doch nur eine Ehe aus Staatsraison, ohne Liebe...

Trotzdem solch abscheuliche Verleumdungen...

Wir dürfen nicht zusammen sein, unsere Position verbietet es...

Ich weiß, dass wir in dieser Welt nicht zusammen sein dürfen...

Warum ist es mir nicht erlaubt, zu lieben?

Warum...

... egal, wie groß unsere Liebe ist...

Maman
Reine?

Keine
Zeit für
Tränen.

Nein...!

Ich werde dich
mit allen Mitteln
beschützen!!

Du bist der
legitime Sohn
des Königs!

Ich werde nicht
weinen! Louis Charles!
Ich werde dich
beschützen!

Vor allen Leuten,
die deinen Thron
besteigen wollen...

Wie geht
es Euch?

Oscar!

Hier ist die
Pistole, wie
versprochen.

Ich überspringe
keine Seite.

Ich lese das ja zum
ersten Mal, da kenne ich
mich noch nicht so gut aus,
dass ich etwas überblättern
kann... Ich muss viel
mehr lernen...

Da gibt es
viele große
Helden.

Franzö-
sische
Geschichte.

Oh, Ihr lernt
gerade. Was
lest Ihr denn?

Oder lest
Ihr nur die
interessanten
Stellen?

Hervor-
ragend...

Lest Ihr das
Buch, ohne
Seiten zu
überspringen?

Oh, wenn das
möglich wäre...
Oscar Francois...

Noch viel
mehr lernen
und wissen...

Oh bitte!
Ihr müsst nur
den Tisch
hierher...

Maman
Reine...

Ich bitte Euch!
Bitte esst mit
mir in meinem
Zimmer!

So, Louis
Joseph, Zeit
zum Essen.

Oscar, wie
wäre es, wenn
Ihr mit uns
esst?

Ja, das ist
eine gute
Idee...

Ihr erweist
mir eine
große Ehre.

... Maman
und Oscar...

Ich
werde
euch so
vermis-
sen...

... damit ich
euch nicht
vergesse,
wenn ich im
Himmel bin...

Ich will
euch...

... ganz genau
und ganz lange
anschauen...

Klack....!

... dann
muss ich
weinen...

... so
weinen...

Buhahaoo

Joseph...

Wenn du
mich so
ansiehst...

Eure
Majestät!!

Aaah....

Ah....

Oscar...

Stillge-
standen!!

Vorwärts
marsch!!

Bitte beschützt meine
Mutter für mich...
für immer...

Zug 1, Alain de Soisson! Und rechts von ihm!

Halt!

Nein, nicht nur ihr...

Wo...

Wo sind eure Degen?! Warum tragt ihr keine Degen?!

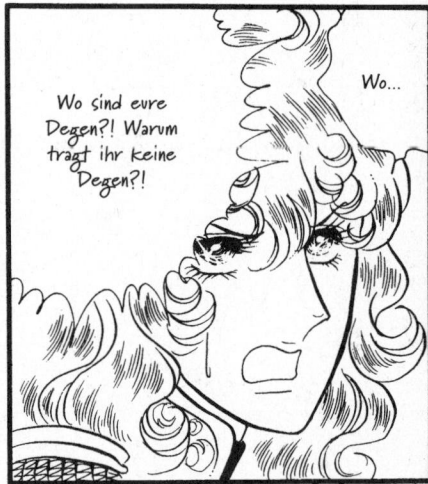

Wir haben sie verloren...

Schock!

Sprachlos

Ver... verloren?!

Wir sind hier nicht im Kindergarten! Uniform, Degen und Gewehr!!

Jeder Soldat hat auf seine Ausrüstung zu achten! Und hier sind ja nicht nur wenige, sondern...

Hrrh...!

Schrei nicht so rum! Wir haben sie verloren! Was können wir dafür?!

Gut, die Garde Francais lässt ihre Waffen irgendwo liegen.

Das merke ich mir.

Marsch! Schultert das Gewehr!

Wer keinen Degen trägt, meldet sich in der Waffen- kammer.

Dann bekommt er einen neuen.

Als Commandeur solltest du bei den Generälen bleiben...

Niemand sonst sieht mich nur als Frau! Das freut mich sehr.

Ich höre nur Frau, Frau...

... und deinen Hintern im Offizierskasino breit sitzen!

Nur die Garde Francais!

Hör auf, dich hier einzumischen!

Haha...

... hätte ich die Leibgarde nicht verlassen!

Wenn ich das wollte...

Das höre ich mir nicht länger an! Ich zeigs dir!

Aber ist hier einer, der mich schlagen kann?!

Ihr schreit herum, dass eine Frau hier nichts verloren hat...

Na? Oder könnt ihr Männer nur groß das Maul aufreißen?

Das wird Euch noch Leid tun!!

Ah! Ihr fordert mich heraus?!

Zeig ihr, was du auf der Akademie gelernt hast!

Sie weiß nicht, dass unser bester Kämpfer bist!

Los, Alain!

Ja! So muss ein Anführer sein!

Oscar...

André! Gib Alain de Soisson einen Degen!

Auch wenn ich verlie-re...

... darf niemand dafür bestraft wer-den!

Hört gut zu! Egal was hier geschieht...

... niemand wird bestraft werden!!

Oberst Dagout!

Schluck...

Keine
Bewegung!

Eine falsche
Bewegung und
ich schieße!

Ha! Mit einem
Auge sehe ich
besser als jeder
von euch!

Halt du
dich raus!

Einäugiger!

284

... sehr weh?

Tut es...

Irgendwann erwische ich dich!

Mach hier nicht den vorgesetzten Offizier!

Und nun... Alain de Soisson...

Es wäre mir eine Ehre, von einem Mann wie Euch getötet zu werden.

So...
war das.

Ein Commandeur
landet doch nicht
gleich in so einer
Kaserne.

Und was
habt Ihr
verbrochen?

... vielleicht
wollte ich nur
einen Mann
wie dich
treffen...

Tja
...

Ah...

Die Trommeln...
Wachablösung.

Heute
in einer
Woche...

... werde ich
dich besuchen,
wenn du es
wünscht.

Wann kann
ich dich das
nächste Mal
sehen?

Warum...?

Warum wurde ich als Tochter
einer Kaiserin geboren, warum
nicht als Tochter einer einfachen
Gräfin oder Baronin...

Liebste, bitte sag es nicht...
Ich musste mich in die Frau verlieben, die Königin von Frankreich ist... Das ist mein Schicksal.
Was auch immer geschieht... An unserer wahren Liebe wird es nichts ändern.
Wenn das alles ist, dann will ich nicht mehr.
Oh Liebster... Bitte versprich mir, mich in unserem nächsten Leben zu deiner Frau zu machen...
Ich verspreche es...
Tschack
Ah!

Axel...

Ssst

Ah!

Wir haben ihn angehalten, weil er sich nicht identifizieren wollte.

Lasst ihn durch. Ich kenne ihn.

Um diese Uhrzeit... Comman-deur!

Schreck

Ich bin Commandeur der Garde Francais!!

Ich danke
dir, Oscar.

Das Tor im
Westen
wird weniger
bewacht.
Er kommt ohne
Aufsehen rein
und raus.

André, bitte
richte Graf von
Fersen folgendes
aus...

Jawohl.

In den Nachtdienst
mischt sie sich auch
ein... Was ist das für
ein Commandeur?!

Was will
die denn
schon
wieder?!

Nie können
wir mal in
Ruhe einen
trinken...

Alain, die
behält dich
im Auge.

Von Fersen war hier... Also müsste die Königin auch in der Nähe sein...

Was?!

Nein, wirklich...?!

Hey, hört mal kurz.

Wie tragisch... Die Königin muss sich im Schutz der Dunkelheit mit ihrem Liebsten treffen...

Nur weil sie als Prinzessin geboren wurde, musste sie heiraten, ohne die Liebe zu kennen...

Ich könnte das nicht ertragen!

Sie bekam ihre Kinder, nur um ihre Pflicht zu erfüllen...

... Oscar
entführt...?

Haben
sie
etwa...

Ah!

Diese
Idioten!!

Oscar!
Oscar!

Verdammt!!

Ich hätte
nicht weggehen
dürfen!

Oscar,
wenn dir
etwas
passiert...

... werde
ich...

... sterben!!

Dann sterbe ich...!!

Was habt ihr jetzt vor?

Gute Arbeit. Das ist also die Nachtwache?

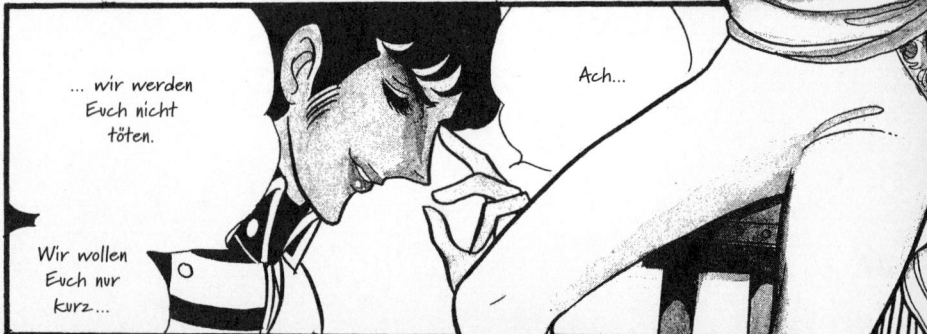

... wir werden Euch nicht töten.

Ach...

Wir wollen Euch nur kurz...

Und dann werdet Ihr endlich die Garde Francais verlassen.

... ganz kurz zeigen, dass Ihr nur eine Frau seid.

Schade, für meinen Geschmack seid ihr alle viel zu jung.

Schwupp!

Wahahaha

Ahahah

Aha

Sie ist wirklich mutig!!

Ist das Alter jetzt wirklich wichtig?

Wenn du ein Kleid anziehst und dich etwas schminkst, bist du bestimmt wunderschön...

So schön...

Wir finden nicht, dass Euch die Uniform besonders gut steht, Commandeur Jarjayes.

Ab-schaum!

Spuck!

Ah!

Gut! Aus der Sicht des Adels sind wir nur schmutziges Gesindel!

Dann sind wir eben Abschaum.

Auch der Abschaum lebt!

Aber vergesst das nicht!

Und wir kämpfen!!

Nirgendwo draußen sind Wachen zu...

Bamm

Wo ist die Nachtwache?!

Was war das?! Ein Schuss?!

Laber

Murmel

Aus der Offiziers-messe.

Murmel

Was soll denn das... Ich muss morgen früh raus...

Es ist nichts passiert... Bitte geht zurück in Eure Zimmer.

Oberst Dagout...

Hah

Was macht denn...

Nichts?!

Keine Disziplinarstrafe? Die Tochter eines Generals sollte damit keine Probleme haben!

Hah

... der Nacht-dienst?!

Du wirst es schon noch begreifen!
Wir beugen uns nur der Autorität eines echten Generals!
Ach-!
Keine Strafen!!
Geht zurück auf Eure Posten...

Oscar...

Oscar!

Mutter...

Maman...

Mutter...

Mutter...

Sie werden immer besonders unruhig, wenn die Schwester von Alain herkommt.

Beim nächsten Mal werde ich sie alle töten!!

Ob das Menschen oder Tiere sind...

Murmel

Murmel

Murmel

Oh, da wir gerade von ihr sprechen... Da ist Diane.

Im Gegensatz zu Alain ist sie sehr still....

Sie ist sehr schlecht gekleidet...

Warum kommt eine Adlige so ganz allein? Was hat sie da in der Hand?

Aha!

Ich bitte Euch um Verzeihung, Eure Majestät.

Ich habe sie gesehen! Im Teich des Trianon sind wirklich Gänse!

Papa! Papa! Schneller!

Jubel
Jubel

Ein fremder Monsieur bat mich, Euch diesen Brief zu geben... Ihr möget ihn allein lesen, sagte er...

Das ist ein Brief für Euch...

Oh, warte, mein Kind...

Hah

Hah

Ich kann nicht so schnell laufen...

Jawohl.

Lasst mich für einen Moment allein.

Ja...

Gut, ich gehe mit den Kindern dann schon vor ins Trianon.

Eure Majestät, wann wacht Ihr endlich auf?!

Nun...

Was mag das sein...?

Merkt Ihr denn nicht, dass Eure Gemahlin, die Königin von Frankreich mit dem schwedischen Grafen Hans Axel von Fersen eine unsittliche Liaison hat?!

Sie sahen sich häufig in Versailles...

Ihre unmoralische Affäre dauert schon seit mehr als zehn Jahren an...

Und es gibt Bestrebungen, Louis Charles, dessen Vater von Fersen ist, als den Sohn Eurer Majestät auf den Thron von Frankreich zu bringen...

Ihre Affäre ist sehr intim...

Louis Charles, der nicht euer Sohn ist...

Charles war so aufgeregt, dass er zu sehr am Kleid von Marie gezogen...

Es tut mir Leid, dass es so lange gedauert hat...

Louis...?

...?!

Fortsetzung in »Die Rosen von Versailles« Band 4

Carlsen Comics
Deutsche Ausgabe / German Edition
1 2 3 4   06 05 04 03
© Carlsen Verlag GmbH · Hamburg 2003
Aus dem Japanischen von Hirofumi Yamada und Cora Tscherner
VERSAILLES NO BARA volume 1
© 1987 Riyoko Ikeda
Originally published in Japan in 1987 by CHUOKORON-SHINSHA, INC.
German translation rights arranged with Ikeda Production through
CHUOKORON-SHINSHA, INC TOKYO and TOHAN CORPORATION, TOKYO.
Redaktion: Petra Lohmann
Lettering: Stefan Schulze
Herstellung: Winnie Schwarz
Litho: Die Litho, Hamburg
Druck und buchbinderische Verarbeitung:
Westermann Druck GmbH, Zwickau
Alle deutschen Rechte vorbehalten
ISBN 3-551-77073-5
Printed in Germany

www.carlsencomics.de

MANGA

HALT!

Dieser Comic beginnt nicht auf dieser Seite.

»DIE ROSEN VON VERSAILLES«

ist ein japanischer Comic. Da in Japan von »hinten«
nach »vorn« gelesen wird und von rechts nach links,
müsst ihr auch diesen Comic auf der anderen Seite
aufschlagen und von »hinten« nach »vorn« blättern.
Auch die Bilder und Sprechblasen werden von
rechts oben nach links unten gelesen.

Schwer? Zuerst ungewohnt, doch es bringt richtig
Spaß. Probiert es aus!

Viel Spaß mit

»DIE ROSEN VON VERSAILLES«